지니—너 없는 동안

지니, 너 없는 동안

초판 1쇄 발행 2023년 3월 25일

지은이 이은정
펴낸이 정성욱
펴낸곳 이정서재

편집 정성욱
마케팅 정민혁

출판신고 2022년 3월 29일 제 2022-000060호
전화 02)732-2530 ｜ FAX 02)732-2531
이메일 jspoem2002@naver.com

© 이은정, 2023
ISBN 979-11-982024-1-3(03810)

— 이정서재는 도서출판 더소울의 문학 브랜드입니다.

지니 — 너 없는 동안

이은정 장편소설

차례

가난한 알라딘의 어머니는 잔모래와 물로 낡은 램프를 닦으며 말했다.

"아들아, 이걸 깨끗하게 닦아서 팔면 제값을 받을 수 있을 거야. 그걸로 먹을거리를 사자구나."

어머니는 정성껏 램프를 닦았고 알라딘은 그 모습을 지켜보았다. 그런데 램프를 닦은 지 얼마 지나지 않아 펑, 하는 소리와 함께 거대하고 무시무시하게 생긴 지니가 나타났다. 지니는 집안 가득 쩌렁쩌렁 울리는 큰 목소리로 예의를 갖추어 말했다.

"주인님, 뭘 원하십니까? 명령만 하십시오. 뭐든 준비가 되어 있습니다!"

알라딘의 어머니는 지니를 보고 놀라 기절하고 말았다.[1]

---

1 천일야화 『아라비안 나이트』, 현대지성, 4장 '알라딘과 요술 램프' p.55참고

1부

이상한 지니가 나타났다

1

현관문 앞에 잿빛의 돌절구가 놓여 있다. 돌절구 안에는 뜯지 않은 우편물과 철 지난 잡지들이 한도가 임박한 신용카드처럼 아슬아슬 쌓여 있고, 그 옆으로 나무 재질의 절굿공이가 집안의 모든 권태를 뒤집어쓴 채 비딱하게 서 있다. 방향을 왼쪽으로 틀어 거실로 들어서면 누구나 한 번쯤 움찔할 만한 사슴 머리 헌팅 트로피가 실내를 압도한다. 그 아래로 반닫이 옻 자개장이 청마를 그려 넣은 백자를 받들고 있다. 베란다 유리문 앞에는 커튼 대신 민화가 수 놓인 병풍이 보란 듯 펼쳐져 있다. 거실 벽면 어디랄 것도 없이 사방에 그림들이 다닥다닥 전시되어 있는데, 하나같이 조악하다. 고대 문명으로 가득한 아파트 안으로 21세기형 고사양 인간, 동안이 들어선다.

동안이 책가방을 식탁 의자에 내려놓고 냉장고 문을 열어 생수를 집어 들었을 때, 화장실에서 아랫도리를 정돈하며 나오던 생물학적 아버지이자 세대주인 마주공과 맞닥뜨렸다. 오늘내일 중으로 한국에 도착한다는 것은 알고 있었지만, 이미 집안에 있을 거라곤 예상하지 못했다. 마주공이 오늘 도착할 거였으면 돌절구 안이 깨끗하게 비어 있어야 했기 때문이다. 자신이 집안에 들인 물건을 함부로 다루는 걸 그는 용납

하지 않았다.

예고 없는 만남에 깜짝 놀란 동안은 냉장고 문을 열어둔 채 마주공을 바라보았다. 마주공은 반갑게 웃었다. 그의 팔자 주름이 벼락 맞은 대추나무처럼 쩍 벌어졌다.

"아들, 아버지한테 인사 안 해?"

동안이 꾸벅 머리를 숙였다.

"잘 다녀오셨어요?"

마주공은 동안에게 다가갔다. 동안의 등 너머로 경고음이 울리는 냉장고 문을 닫고 동안의 손에 들려 있던 생수 뚜껑을 따서 동안에게 건넸다. 동안은 얼떨결에 그걸 받아들었다. 마주공은 자신보다 키가 훌쩍 커버린 아들의 어깨를 두어 번 가볍게 쳤다.

"그렇게 깍듯하게 굴면 아버지가 불편하잖아."

"언제 오셨어요?"

"한 시간쯤 전에. 이번엔 날이 좋아서 순항했지."

"……."

마주공은 거실 중앙에 앉아 여행 가방을 풀었고 동안은 그런 마주공을 쳐다보며 생수를 삼켰다. 동안은 마주공의 새까만 이민용 가방을 볼 때마다 박제된 호랑이나 인간의 시체가 들어있진 않을까 조마조마했다. 작달막한 사람이라면 토막을 내지 않아도 충분히 들어갈 크기의 가방이었다. 마주공이 풀어헤친 가방 속에서는 재질을 알 수 없는 빛바랜 작은 주전자가 튀어나왔고 딱 봐도 제법 무게가 나갈 듯한 낡은 망원경이 모습을 드러냈다. 뒤이어 회중시계와 잡동사니들이 줄줄이 거실 바닥에 놓였다. 호랑이나 시체는 없었다.

마주공은 주전자를 축음기 옆에 놓고 몇 발 뒤로 물러나 쳐다보다가 썩 마음에 들지 않았는지 입술을 내밀고 고개를 갸우뚱했다. 그는 방으로 들어가려던 동안을 불러세웠다.

"그냥 들어가는 거야? 하나 골라봐. 이게 다 재산이라고, 재산."

"저는 괜찮아요. 아버지 가지세요."

마주공은 심드렁한 동안의 대답에 아랑곳하지 않고 물건들을 전시하는 데에 집중했다.

방으로 들어온 동안은 교복을 갈아입지도 않은 채 침대에 벌러덩 드러누웠다. 여섯 달 만에 보는 아버지가 여섯 달 전과 조금도 다르지 않다니. 사람이 변하기도 쉽지 않겠지만, 기어이 한결같은 것도 쉬운 일은 아닐 텐데. 한숨이 구만리까지 날아갈 기세다. 동안은 누워서 작은 방 안을 훑어보았다. 누워 있는 침대 옆으로 나란히 놓여 있는 책상 코너를 돌아넓이 600짜리 책장 두 개가 맞물려 있다. 바로 옆이 방문, 다시 코너를 돌면 옷장. 동안은 이 작은 방에서 키가 80㎝는 자란 것 같다. 성장은 동안만 한 것이 아니었다.

밑받침이 엿가락처럼 휘었고 모서리마다 필름지가 벗겨진 책장에는 책보다 골동품이 더 많다. 하나같이 동안에겐 필요 없는 물건이었다. 마주공의 애장품들이 거실과 안방에 전시할 공간이 부족해지자 동안의 방을 침범하기 시작했다. 학년이 지난 교재는 가차 없이 내다 버려졌고 동안이 좋아하던 소설이나 만화책도 책장에 한 번 꽂혀보지 못한 신세가 된 채 책상이나 바닥에 엎어졌다. 대신에 각종 시계와 전화기, 주전자, 거울, 촛대, 심지어 군화까지 책장을 점령하고 말았다. 대부분 어딘가 깨지거나 대단히 낡아서 기괴해 보이는 것들이었다.

동안은 작년까지 파라오의 무덤에 들어가는 꿈을 종종 꾸었다. 빅토르 위고의 『레미제라블』을 완독한 다음 날에는 살바도르 성당에서 촛대를 훔치는 꿈을 꾸었고, 그런 악몽은 로맹 가리의 소설을 읽는 동안에도 이어졌다. 결국 동안은 마주공이 놓고 간 촛대를 어느 목요일 밤에 조용히 들고 나갔다. 목요일은 아파트 분리수거일이었다.

음산하고 지긋지긋하게 변한 이 방에서 동안은 벗어나고

싶었다. 재력도 용기도 없는 데다가 미성년자라는 굴레에 갇힌 자신의 신세를 한탄하면서 현재 할 수 있는 최선의 방법은 공부밖에 없다고 생각했다. 그 생각은 여섯 달 전에도 했었고 마주공을 볼 때마다 틈틈이, 부지런히 해왔다. 되도록 먼 대학에 가는 것만이 동안의 목표였으나 고만고만한 성적이 문제였다. 그렇다고 성적이나 진학에 관한 구체적인 계획을 세운 것도 아니었다.

동안은 강미애에게 전화를 걸었지만, 강미애는 받지 않았다. 동안은 메시지를 보냈다.

—아빠 집에 있어.

잠시 후 답장이 왔다.

—지금 집에 가고 있어.

동안은 뉘었던 몸을 뒤집은 후 유료 구독 중인 웹툰을 클릭했다. 늙은 개를 키우던 남자가 개가 죽을 것이 두려워 외출하지 못한다는 이야기다. 그림은 동그라미와 선이 전부인 웹툰. 뻔한 그림에 뻔한 내용인 줄 알면서도 동안은 그 작가의 웹툰에 빠져 있었다. 무려 오 년째 유료 구독 중이며 무려 오 년 동안 웹툰의 내용은 비슷했다. 동안은 휴대폰 화면을 끄고 비뚜름히 누워 중얼거렸다. 한결같은 남자가 참 많구나.

2

마주공이 돌아온 지 이틀째 되던 날이었다. 학원 수업을 마친 동안은 버스 안에 있었다. 버스 맨 뒷좌석에 앉아 웹툰을 보고 있는데 카카오톡이 날아왔다.

– 동안아, 부단이 집에서 자고 와.

동안은 메시지를 확인하자마자 버스 천정에 달린 빨간색 벨을 사정없이 눌렀다. 근처에 서 있던 학생들이 동안을 쳐다보았다. 그러거나 말거나 동안은 그들 사이를 헤집고 뒷문 쪽으로 몸을 옮긴 후 빨간색 버튼을 계속 눌렀다. 그걸 계속 누른다고 계속 소리가 나지는 않았다. 승객들이 웅성거리며 동안을 쳐다보았다. 버스 기사가 룸미러를 힐끗거렸지만, 버스는 멈추지 않았다. 올곧은 버스 기사는 다음 정류장에 도착해서 완전히 바퀴를 멈춘 후 뒷문을 열었다. 서둘러 하차한 동안은 긴 다리로 쏜살같이 달리기 시작했다.

부단이와 약속이 있기는 했다. 마주공과 한 집에서 어색한 저녁을 보내는 게 불편했던 동안은 마주공이 다시 떠나기 전까지 며칠이고 밤이슬을 밟을 생각이었다. 마주공은 동안의 일탈에 훌륭한 핑곗거리가 되어주었다. 마주공은 어린 아내와 단둘이 있고 싶어서, 강미애는 동안의 마음을 십분 이해하기에 서로에게 간섭이나 제지는 없었다. 일단 집에 가서 옷을 갈아입고 부단이와 만나 게임을 여러 판 하다가 부단이 집에서 라면을 먹고 부단이 집에서 잘 계획이기는 했는데, 강미애가 먼저 선수를 치면 모두 곤란해지는 거였다. 오랜만에 바람을 등지고 달리던 동안은 달리다가 잠들고 싶을 만큼 온몸으로 불안감을 느꼈다.

강미애가 부단이 집에서 자고 오라는 말을 먼저 하는 경우는 절대적으로 한 가지 상황밖에 없었다. 마주공이 또 술을 마신 것이다. 화가 난 상태에서 만취했거나, 취하면서 화가 났거나. 어쨌든 고주망태가 된 마주공이 강미애를 못살게 굴고 있는 것이 틀림없었다. 달리는 동안의 머릿속에는 맥연히 떠오르는 기억들이 있었다. 떠오를 때마다 덜 굳은 시멘트를 밟듯 찝찝한 기분이 드는 장면들이었다. 계절이 바뀌고 제아무리 세월이 흘러도 절대 사라지지 않을 발자국이 또 생길 것만 같았다. 동안은 며칠 방심한 자신을 원망하며 쉬지 않고 달렸다.

원양어선 기관부에 들어간 마주공이 골동품을 모으기 시작하면서 예전과 확연히 달라졌다. 유쾌하고 호방했던 성격은 거칠고 사납게 변했다. '유쾌하고 호방했'다는 표현도 강미애의 추억에서 나온, 증명할 수 없는 말이었다. 사랑이라는 환각. 약발이 떨어지고 나면 과거의 모든 진심을 부정하고 싶을 만한데, 강미애는 여전히 그 시절의 마주공에게 애정을 품고 있는 것 같았다. 일 년에 한 번, 빠르면 육 개월에 한 번씩 집으로 돌아온 마주공은 죽음의 턱을 가진 백상아리처럼 사나워졌다.

집안에는 부수거나 던질 만한 하찮은 물건들이 점점 바닥났다. 마주공이 까마득히 먼 나라에서 들여오는 골동품만으로도 32평 아파트의 면적은 부족했다. 마주공은 자신의 골동품을 부술 수는 없어서 대신 강미애를 부수기 시작했다. 그때마다 강미애는 고스란히 부서졌고 그 사실을 눈치채기 시작했을 무렵의 동안은 너무 어렸다. 부서지는 살림살이는 그렇다 치고 강미애를 위해 아무것도 할 수 없다는 게 어린 동안은 비참했다. 강미애는 마주공의 변한 모습을 동안이 모르길 바랐고 동안은 이미 자신이 알고 있다는 사실을 강미애가 모르길 바랐다. 서로가 모르길 바란다는 것조차 서로 알고 있었다.

섬뜩한 기억과 나쁜 상상들을 길바닥에 쏟아내며 도착한 집안 분위기는 의외로 고요했다. 이미 폭풍이 지나갔거나 폭풍 전야처럼 보여서 긴장감이 빙빙 에돌았다. 깨진 그릇이나 넘어진 가구는 없었다. 차라리 살림살이가 박살나 있는 쪽이 훨씬 속 편하겠다고 동안은 생각했다. 파손된 것이 하나도 없는, 어제와 같이 깔끔한 현장은 동안을 더 불안하고 두렵게 만들었다.

숨을 고르던 동안은 강미애부터 찾았다. 안방 문을 열었더니 강미애는 화장대에 앉아 화장을 하고 있었다. 화장품을 찍어 바를 시간도 그럴 만한 상황도 아니었다. 집에 들어오지 말라고 말했지만, 동안이 올 것을 알기라도 한 것처럼 강미애는 동안을 보며 놀라지 않았다. 마주공은 침대에 널브러진 채 코를 골고 있었다. 방 안 가득 고약한 술내가 진동했다.

강미애 앞에 무릎을 굽히고 앉은 동안은 강미애의 얼굴을 두 손으로 감싸 마주했다. 빨갛게 충혈된 눈동자 아래로 왼쪽 볼에만 화장이 엉겨 붙어 있었다. 동안은 작은 목소리로 물었다.

"맞았어? 아니지?"

강미애는 동안의 두 손을 빼내며 고개를 저었다. 단지 울어서 부은 건지 맞아서 부은 건지 동안은 알 수 없었다. 어떤 쪽이라도 나쁘다는 걸 울린 사람만 몰랐다. 동안은 답답하고 화가 났지만, 강미애가 밝히고 싶지 않다면 끈질기게 캐물을 수도 없었다. 진실을 알게 될까 봐 겁이 나기도 했다.

기숙사 생활을 해야 하는 예고를 일찌감치 포기한 이유는 성적 때문만은 아니었다. 강미애 때문이었다. 아니, 엄밀히 말하면 마주공 때문이었다. 그러니까 마주공 때문에 떠나고 싶은 집을 마주공 때문에 떠날 수 없는 아이러니가 동안을 힘들게 했다.

떠나기 싫은데 떠나야 하는 사람과 떠나고 싶지만 떠날 수 없는 사람 중에 누가 더 불행할까.

동안은 자신이 저울질하는 것들이 행복이 아니라 불행에 관한 것이라는 사실에 힘이 빠졌다. 베틀에 얽매인 피륙처럼 올곧게, 끊임없이 차오르는 감정. 그게 분노인지 슬픔인지 동안은 확신할 수 없었고, 자신의 감정을 확신할 수 없다는 건 조금 부끄러웠다. 동안은 불결하고 잡스러운 생각들에 시달려 새벽까지 잠들지 못했다.

3

밤새워 뒤척이던 동안은 갓밝이 직전, 조용히 방에서 나왔다. 거실에는 강미애가 잠들어 있었다. 동안은 뒤꿈치를 들고 마주공이 있는 안방으로 들어갔다. 세상 모르고 잠든 마주공은 배부른 포식자처럼 침대를 장악하고 있었다. 동안은 마주공의 머리맡에 있는 시가를 슬그머니 주머니에 넣었다. 숨죽인 채 몸을 돌리던 동안은 곯아떨어진 마주공을 다시 쳐다보왔다. 동안의 머릿속에 무서운 생각이 스치듯 지나갔다.

이번에 바다로 나가면 태평양이든 대서양이든 아주 깊은 바닷속에 잠겨서 다시는 돌아오지 않았으면 좋겠다는 생각. 시신도 찾을 길 없는 깊은 바닷속에서 지금처럼 저렇게 잠들어 버렸으면 좋겠다는 바람. 무덤도 유골함도 없어서 남은 가족이 때마다 방문할 곳 없게끔 완전히 사라졌으면 좋겠다는, 바람과 함께, 아니, 바다와 함께 사라졌으면 좋겠다는 나쁜 생각들을 안방에 두고 나왔다.

책상 앞에 앉은 동안은 두 번째 책상 서랍을 열었다. 오래된 지포 라이터가 나왔다. 평소 마주공이 아끼던 비싼 시가나 라이터를 몰래 빼돌리는 게 동안의 작은 복수였다. 다음날이 되면 마주공은 시가와 라이터를 찾느라 온 집안을 뒤지곤 했다. 매번 마주공을 골탕 먹이긴 했지만, 마주공에게 그런 것들의 여분은 충분했다. 동안은 훔친 시가를 지금껏 단 한 번도 입에 문 적이 없었다. 그런데 오늘은 왠지 타락하고 싶은 그런 날이다. 이런 집구석에서 자라는 청소년이 너무 모범적인 것도 이상하게 느껴졌다. 동안은 방문을 잠그고 창문을 열어줬었다.

재를 털 만한 물건을 찾아 두리번거리던 동안의 눈에 낡고

조그마한 주전자가 보였다. 이번에 마주공이 장만해 온 주전자였다. 주둥이가 어설프게 기다랗고 흰, 달걀같이 작고 동그만 뚜껑에 고깔이 씌워진, 몸통이 절구통처럼 패여 물 한 컵도 안 들어갈 것 같은, 쓸모라곤 전혀 없어 보이는 주전자였다. 이것도 바다 건너 여기까지 왔는데 정작 있을 만한 장소를 얻지 못한 모양이었다. 사들이자마자 동안의 책장 구석에 처박아둔 걸 보면 마주공의 관심에서 멀어진 것이 분명했다. 입구가 좁고 주둥이가 긴 것으로 보아 담배 냄새를 은폐하기엔 안성맞춤으로 보였다. 동안은 작은 주전자를 꺼내 책상 위에 올렸다.

문제가 생겼다. 뚜껑이 안 열렸다. 아무리 힘을 줘도 뚜껑이 안 빠졌다. 뭐지? 동안은 갑자기 자존심이 상하기 시작했다. 자신의 악력으로 열 수 없는 어떤 것도 용납할 수 없는 나이였다. 세상 그 어떤 뚜껑도 열어야 직성이 풀리는 게 사춘기 증후군이었다. 하물며 이 작고 오래된 주전자 뚜껑 따위를 열 수 없다는 건 도저히 받아들일 수 없었다. 동안은 어이없는 표정으로 허공에 대고 오른쪽 어깨를 한두 바퀴 휘둘렀다. 그러나 다시 열어봐도 뚜껑은 꿈쩍하지 않았다. 오른 손아귀만 뻐근해지자 화난 동안이 주먹으로 주전자 뚜껑을 쾅 내리찍었다. 어떻게 해도 뚜껑은 열리지 않았다. 동안은 결국 포기에 이르러 오른손으로 주전자를 쥔 채 침대에 드러누웠다.

몇 분이나 지났을까? 고깔 모양의 작은 손잡이가 옆으로 픽 쓰러지면서 치-익 바람 빠지는 소리가 들렸다. 곧이어 분홍색의 액체가 입구에 조금 스미었다. 놀란 동안이 벌떡 일어났다. 녹물인가? 동안은 물티슈를 찾아 흘러나온 액체를 닦아냈다. 내친김에 주전자 뚜껑도 닦았다. 닦아도 닦아도 액체는 찔끔찔끔 흘러나왔다.

잠시 후, 새끼손가락보다 가늘고 서너 배는 긴 주전자 주둥이에서 분홍색 액체가 스멀스멀 흘러나오는데, 주둥이가 휘었으며 심지어 입구가 하늘을 향해 있는 마당에 액체가 흘러나온다는 건 어불성설일 테니 동안이 놀란 것은 당연한 일이었다. 액체는 그냥 액체가 아니라 액체 괴물 슬라임처럼 설명할 수 없는 형체가 있었다. 동안은 들고 있던 주전자를 책상 위에 올려놓고 주둥이를 가만히 내려다보았다. 정체불명의 분홍 액체가 덩이가 되어 주전자 주둥이에서 책상 위로 단번에 툭 떨어졌다. 그리고, 일어섰다. 일어서?

놀란 동안은 의자와 함께 책상 아래로 나가떨어졌다. 엄지손가락 크기의 그것은, 팔다리와 머리가 다 있는 그것은 일어나 기지개를 켜듯 팔을 위로 쭉 뻗었다. 팬티 한 장 달랑 입고 요란한 털모자를 쓴 그것은 목도 돌리고 허리도 돌리고 다리

이상한 지니가 나타났다

도 접었다 폈다 체조를 했다.

"뭐, 뭐야 이건."

"안녕? 마동안. 나는 지니라고 해."

작고 수상한 분홍 물체는 본인을 지니라고 소개했다. 아라비안 나이트? 알라딘에 나오는 지니? 램프의 요정? 그런 지니라면 일단 거인같이 커다랗고 근육질의 우람한 존재이지 않던가. 우렁찬 목소리에 뭐든 해낼 것 같은 자신감으로 주인을 든든하고 흡족하게 만들어야 마땅하지 않던가. 그러나 정황상 지니가 아니라면 설명하기 힘들었다. 지니라고 해도 설명되지 않는 건 마찬가지였다. 최신 AI봇인가? 당황한 동안은 입이 떨어지지 않아 아무것도 물어볼 수가 없었다. 어쩌면 유치한 꿈을 생생하게 꾸고 있는지도 모른다.

분홍 변태는 생글생글 웃으며 말했다.

"놀랐지? 네가 상상하는 그 지니가 맞아. 지금은 비록 이런 꼴이지만."

동안은 슬그머니 바닥에서 일어나 의자에 앉았다. 일단 겁을 먹기엔 상대가 너무나 작았다. 비상 상황이 생기면 손바닥으로 꾹 누르면 끝날 크기였다.

"지금 너는 지니라고 우기기엔 뭔가 설명이 안 되잖아."

"알아. 난들 이런 모습으로 이따위 허접스러운 주전자에

간힐 줄 알았겠니? 심지어 핑크라니. 내 진심 창피해서 정
말⋯⋯."

"그래서 뭐? 이제 내가 주인이라도 된 거야? 내 소원을 들
어준다는 거야?"

"암. 물론이지."

동안은 믿을 수 없다는 표정으로 물었다.

"그렇다면 나는 이제 하버드도 갈 수 있고, 대통령도 될 수
있고, 억만장자도 될 수 있다는 거야?"

동안의 질문에 자못 한심한 표정을 짓던 지니는 퉁명스럽
게 말했다.

"인간은 천 년 전이나 지금이나 변한 게 없구나. 그저 돈,
명예, 돈, 명예. 미안하지만 나는 말이야. 불행만 들어줄 수 있
어. 너 아닌 타인이 불행해지는 소원 말이야. 그게 누구든. 그
게 뭐든. 불행만. 딱 다섯 번이야."

동안은 고조곤히 지니를 쳐다보았다. 궁금한 게 너무 많았
다. 그러나 지니는 마음의 준비가 되면 다시 오겠다고 말하고
는 사라졌다. 주전자에서 기어 나올 때와는 달리 작은 비눗방
울이 터지듯 순식간에.

4

다음날 동안은 학원도 빼먹고 학교에서 곧장 집으로 달렸다. 모든 신경이 분홍 생명체를 향해 있었으니 공부가 될 리 없었다. 아니, 지금 공부가 문제인가. 학교도 가지 말 걸 그랬다. 집으로 가는 내내 쏟아지는 질문으로 머리가 복잡했다. 불행만 들어준다는 의미가 무엇인지, 어떻게 하면 되는 건지 물어볼 말이 많았다. 다시 오겠다고 말한 시점이 언제인지 알 수가 없으니 끊임없이 주시하고 있을 수밖에 없었다.

집으로 돌아온 동안은 물티슈를 꺼내어 주전자를 열심히 닦았다. 지니는 나타나지 않았다. 큰 소리로 불러보아도 나타나지 않았다. 주전자를 들어 흔들어도 보고 침대에 던져보기도 했지만, 어제의 일은 재현되지 않았다. 꿈을 꾼 것일까. 그래, 그런 일이 벌어질 리가 없잖아. 만화책을 너무 많이 봤나? 동안은 허탈해졌다. 그런 유아틱한 꿈을 꾸고도 진짜라고 믿다니. 이게 다 마주공 때문이다. 이따위 주전자를 왜 사 온 거야!

그러나 미련을 버릴 수 없는 동안은 처음 상황부터 찬찬히 곱씹어 보기로 했다. 일단 주전자 뚜껑을 쿵 내리쳤다. 아무 반응이 없다. 그다음에 어떻게 했더라? 침대에 누웠지! 동안은 주전자를 꼭 쥐고 침대에 드러누웠다. 제발 좀 나와라. 제발. 잠시 후 뚜껑 위에 달린 고깔 모양의 것이 옆으로 픽 쓰러지면서 치-익, 바람 빠지는 소리가 들렸다. 이윽고 기다란 주둥이에서 분홍색의 물체가 스멀스멀 힘겹게 기어나왔다.

침대 위에 떨어져서 한숨을 쉬던 지니가 말했다.

"왜 이렇게 둔하니?"

동안은 발끈했다.

"내가 둔한 거야? 압력밥통이야 뭐야. 방법을 미리 말해주던가."

지니는 한심하다는 듯 말했다.

"그렇게 간단하면 이 꼴로 천년이나 갇혀 있었겠어? 인간은 도대체 왜 그렇게 멍청한 거야? 왜 문지르기만 하냐고. 뭔가 창의적이지가 못해."

"근데 이 고깔은 나만 움직일 수 있는 거야?"

"당연하지."

"방법은?"

"진심."

"진심?"

"응. 너의 진심이 내 집무실까지 닿아야 신호가 와."

"집무실? 이 작은 주전자 안에? 그나저나 조건이 진심이라면 간단하네."

"그게 그렇게 단순하지가 않아. 너의 진심이 충분히 도달하면 위쪽에 있는 고깔이 쓰러지면서 내가 나갈 수 있는 문이 생기는 거야. 원리는 곧 알게 될 거야."

"널 들여보내고 싶으면?"

"그건 명령어로 합의가 가능한 부분이야. 들어가, 사라져, 꺼져……."

"꺼져가 좋겠군."

"원한다면."

"주문 명령어 같은 건 없어? '열려라, 참깨' 같은."

"있지."

"설마."

"소원을 빌고 난 후 이 말을 덧붙이도록 해. '우리-두, 지니' 그래야 접수가 되거든."

"우리두지니?"

"리, 를 길게 빼. 우리-두, 지니. 아랍어로 소망한다는 뜻이야. 단, 역시 진심이 들어가야 해. 나를 불러내는 것도 소원을 비는 것도 진심으로 원해야 들어줄 수 있어. 반드시 진심이어야 해."

"내 마음이 진심인지 아닌지 네가 어떻게 알아? 자기 마음도 모르는 세상에."

"그렇게 생각한다면 유감이야. 진심은 생각보다 티가 많이 나. 모른 척하고 싶겠지, 너의 진심을. 인간들은 남의 불행을 바라는 자신을 외면하고 싶어 하지. 아무튼, 그게 소원이 이뤄지는 열쇠야. 진심. 이를테면 진짜 주문 같은 거지. 네가 간절하게 염원한 것이 입 밖으로 나왔을 때, 나는 그걸 접수해서 보고하고 진심인지 아닌지는 상부에서 판단해. 상대가 불행해지는지도 판단하고. 지시가 떨어지면 바로 작업이 시작되는 거야."

"불행만?"

"응. 불행만."

"다섯 번?"

"응. 다섯 번."

"그게 끝나면 넌 어떻게 되는데?"

"글쎄. 너를 통해 얻은 다섯 가지의 불행에 따라 달라지겠지. 불행의 총량이 부족하면 다른 사람의 소원을 들어주러 가거나, 충분하면 성과를 인정받을지도 몰라. 너에게 달렸어. 이 지긋지긋한 주전자에서, 이 부끄러운 핑크와 이 쪽팔리는 크기에서 벗어나 다시 예전처럼 멋진 지니가 되었으면 좋겠어."

동안은 침대에 벌러덩 드러누워 지니를 쳐다보았다. 일

단 생김새는 영 믿음이 가지 않는다. 목소리는 어떤가. 파리나 모기처럼 매가리 없이 앵앵거린다. 보이고 들리는 것이 어떻든 간에 세상에 존재하지 않을 것 같은 존재가 주전자에서 나와 사람처럼 말을 한다. 의심에 의심을 거듭해 보지만, 버젓이 눈앞에서 살아 움직이는 지니. 믿을 수도 안 믿을 수도 없는 상황이었다.

"어떻게 시작하는 거야?"

"일단 마음을 먹었으면 약관에 동의하고 사인해야 해."

"약관?"

"지금부터 약관과 방법에 관해 얘기해 줄게. 알다시피 약관이라는 건 길고 기니까 조금 빨리 알아듣도록 해. 자, 지금부터 모든 내용이 녹음될 거야. 동의하지?"

지니는 속사포 래퍼인 트위스타보다 빠른 혀 놀림으로 약관이라는 것을 줄줄이 읊기 시작했다. 모니터도 종이 문서도 없었다. 단 한 번의 숨돌림도 없이 같은 빠르기로 모든 약관을 동안에게 전달했고 순식간에 끝이 났다. 동안은 저 작은 몸이 가진 긴 호흡에 놀라움을 금하지 못했다. 그런 동안을 쳐다보던 지니는 별것 아니라는 듯 양 손바닥으로 허공을 받들었다.

약관의 내용은 거의 알아듣지 못했지만, 마지막에 지니가 강조한 부분은 기억한다. 일단 시작하면 다섯 가지 소원을 전부 빌기 전까지 이 계약을 철회할 수 없고, 이미 진행된 소원은 되돌릴 수 없다는 사실이었다. 또한, 자신은 결과에 대해 어떠한 책임도 질 수 없다는 말을 덧붙였다.

동안은 별생각 없이 말했다.

"좋아. 별거 없네. 근데, 사인은 어디에 어떻게 하는 거야?"

"그것도 진심. 네 진심이 사인이 돼. 넌 그냥 이 상황을 진심으로 받아들이면 되는 거야."

어지간히 말이 안 되는 건 동안도 알지만, 말이 안 되는 일은 이미 일어났으니 할 말이 없었다. 불행만 들어준다니. 진심이 사인이라니. 동안은 반신반의하는 표정으로 지니를 바라보았다. 이 모든 게 꿈이어도 그만이었다.

"넌 이미 사인했어."

"내가 언제?"

"입 밖에 나오는 진심을 조심해. 동안!"

"그래?"

확인해보면 될 일이다. 진짜인지 아닌지 한번쯤 실험은 해봐야 할 것 같다. 불행만 들어준다는 것이 조금 걸렸지만, 어차피 누군가가 행복해지려면 누군가는 불행해져야 하지 않을까. 조금 다르게 생각해 보면 불행만 들어준다는 것은 누군가의 행복을 들어준다는 것과 일맥상통하는 말인 것 같다. 예컨대, 삼각관계에 있는 한 놈을 불행하게 해버리면 남은 두 사람은 행복해지는 것처럼. 셋 다 애매하게 불행한 것보다 둘이라도 완벽하게 행복한 것이 낫지 않을까.

행복도 불행도 경쟁이다. 돈이든 마음이든 일단 갖는 놈이 임자다. 따지고 보면 자본주의의 경쟁은 물질에 국한되지 않는다. 자본주의고 민주주의고 결국에는 인간이 추구하는 행복과 기피하는 불행 간의 싸움이다. 누가 얼만큼의 행복을 가지느냐, 불행을 떠넘기느냐. 이런 쓸데없는 얘기들은 담임이 수업 중에 했던 말들이었다. 이런 상황에서 요긴하게 떠오를 줄은 몰랐다.

요모조모 생각을 쌓던 동안이 자신을 빤히 쳐다보자 지니는 민망한 표정을 지었다. 동안은 저 분홍 물체가 하는 말이 사실인지 확인해보고 싶어서 생각을 멈추지 않았다. 혹시 모르니까 머리만 잘 쓰면 이것도 나쁘지 않은 기회인 것 같았다. 이왕이면 나쁜 놈을 불행하게 해야 죄책감이 덜하지 싶고, 만에 하나 이 모든 상황이 사실일 가능성도 배제할 수 없으므로.

동안은 시험 삼아 첫 번째 소원을 말하기로 했다. 어디까

지나 테스트용이었다.

"우리 학교 앞에 가끔 출몰하는 바바리맨이 있는데 말이야. 일명 비씨맨. 입고 다니는 팬티에서 딴 별명이지. 하는 짓에 비해서는 소심한 인간이야. 늦은 시간에 혼자 있는 여학생 앞에만 등장하는데, 그놈을 타깃으로 하겠어."

"그쯤이야 식은 죽 먹기지. 콩밥을 먹게 해주면 되는 거야?"

"콩밥은 무슨. 기껏 벌금 10만 원이라고. 그게 말이 돼?"[2]

"그럼 뭘 원해? 그리고 잊지 마. 우리-두, 지니."

"자, 그럼 시작한다. 나는 비씨맨이 불행해졌으면 좋겠어. 폭력을 쓰진 않았으면 좋겠고. 네가 좋아하는 창의적으로 일이 해결되길 바라. 우…, 우리-두, 지니."

동안의 요구는 애매했다. 지니는 보이지도 않는 작은 손으로 귀를 후벼 파며 말했다.

"너 참 피곤한 애구나."

---

2 경범죄처벌법 제3조. 10만 원 이하의 벌금, 구류 또는 과료(科料)의 형으로 처벌. 33. (과다노출)

5

며칠 뒤 학교가 발칵 뒤집히는 사건이 벌어졌다. 야간자율학습을 마치고 학생들이 우르르 교문을 빠져나가는 시각이었다. 주로 학원 차가 주차된 후문을 이용하는 때인데, 사건이 일어난 게 하필 그 시각, 후문 근처에서였다.

운동장 안으로 경찰차가 들어서고 여기저기서 학생들의 비명과 야유 소리가 뒤엉켰다. 비명은 여학생만 지르는 게 아니었고 야유는 남학생만 보내는 게 아니었다. 알 만한 쪽, 겪어본 쪽으로 패는 갈리는 법이었다. 선생님들은 허둥지둥 학생들을 한쪽으로 몰아 교문 밖까지 배웅하고 있었고 자녀를 픽업하기 위해 달려온 학부모들은 아들딸을 급하게 차 안으로 밀어 넣고 본인은 차 앞에 서서 이 사태를 구경했다.

운동화 끈이 풀려서 느지막이 교실을 빠져나온 동안은 후문 앞에서 망부석이 되어 있는 부단이의 뒷모습을 발견했다.

"야, 왕부단. 무슨 일이야?"

부단이 몸을 돌려 동안을 쳐다보다가 궁금해 미치겠는 동안이 사건 현장 쪽으로 걸음을 떼자 동안을 막아섰다.

"보지 마."

"뭐야. 왜 이래?"

"몹쓸 장면이야. 각막이 손상될지도 몰라."

"뭐래."

동안이 실없는 부단이의 몸을 한 손으로 밀쳐내었다. 곧이어 사건 현장이 눈앞에 펼쳐졌다.

비씨맨. 그였다. 바바리 깃을 양손으로 펼치고 있는 그가 어정쩡하게 무릎을 굽힌 기마 자세로 미동도 없는 것이었다. 바바리 안에 유일하게 걸치고 있는 팬티 한 장은 허벅지에 팽팽하게 매달려 있었다. 마치 석고상처럼 굳어진 몸과 달리 얼굴은 구겨진 채로 벌겋게 달아올라 경찰관을 향해 제발 빨리 연행해달라며 호소했다.

"내가, 내가 비씨맨이에요. 어서 나를 잡아가요!"

경찰이 그를 붙잡고 아무리 힘을 써 보아도 비씨맨의 몸은 꿈쩍하지 않는 듯했다. 학교 후문에는 평소와는 달리 마치 보름달 같은 동그란 등이 켜졌고 대낮보다 더 훤했다. 정문으로 다니던 학생들도 우르르 후문으로 몰려들었다. 경찰까지 동원된 심상찮은 분위기에 지나가던 행인이나 동네 주민들도 후문으로 모이기 시작했다. 이미 SNS 곳곳에 실시간으로 중계되고 있을지도 모를 일이었다.

구경꾼들은 비씨맨의 얼굴을 쳐다보았다. 그리고 약속이나 한 듯 신체 특정 부위로 시선을 옮겼다가 다시 그의 얼굴을 쳐다보기를 반복했고 대체로 야유를 보냈다. 욕보다는 비난이, 비난보단 놀림이 많았다. 비씨맨은 수없이 쏟아지는 모욕과 망신과 부끄러움 속에서도 고개조차 숙일 수 없는 모양이었다. 눈동자와 입 말고는 자율 신경이 모두 마비된 사람 같았다. 처음 겪는 초자연적인 현상에 어찌할 바를 모르는 경찰관들을 향해 제발 몸이라도 좀 가려달라며 애원하던 비씨맨은 결국 울음을 터트리고 말았다.

난감한 건 경찰도 마찬가지였다. 일단 볼썽사나운 자세로 굳어버린 비씨맨의 신체를 옷가지로 가려놓고 본부에 상황을 알린 후 협조를 요청했다. 학교 선생님들은 학생들을 교문 밖으로 내보내려고 우왕좌왕 애쓰지만, 이 좋은 구경을 마다하고 착하게 하교할 학생이 한 명인들 있을 리가 없었다. 구경꾼들은 점점 늘어났고 고개를 숙일 수도 없는 비씨맨의 민낯은 수백 개의 휴대폰에 저장되고 있었다.

동안은 그 모습을 지켜보는 내내 지니가 떠올랐다. 이 분홍 변태 자식! 지니의 말은 사실이었다. 녀석은 생각보다 창의적이었다.

동안은 서둘러 버스 정류장을 향해 뛰었다. 뒤에서 부단이가 부르는 소리도 무시하고 부단과 피시방에 가기로 한 약속도 어기고 버스에 올랐다. 비씨맨을 벌한 것은 잘한 일이지만, 다섯 번의 기회 중에 한 번을 써 버린 것이 조금 아깝기는 했다. 이제 정말 신중하게 써야 할 것이다.

6

"지니. 너 창의력 오지더라."

지니는 나름대로 거만한 표정을 짓는 것 같았다.

"한 가지 궁금한 게 있는데 말이야. 왜 하필 불행이야? 이왕이면 행복이 더 낫잖아."

"내가 행복 세 가지를 들어주는 힘을 가졌을 때 말이야. 인간들이 노력 없이 행복해지니까 나태해지기 시작했어. 그리고 점점 사악해졌지. 마지막으로 내게 소원을 빌었던 자는 11세기 가즈니 왕조의 사람이었어. 그자가 무슨 소원을 말한 줄 알아? 세상 모든 사람을 불행하게 해 달라고 빌었어. 자기만 행복해지고 싶다는 얘기지. 심지어 그자의 소원은 진심이었어."

"그럼 누군가 다시 소원을 빌면 되잖아. 불행이 아니라 행복을 들어달라고."

"멍청아, 이미 행복을 들어줄 수 없다니까. 그자가 말한 소원을 내가 다 수행하지 못한 거야. 세상 모든 사람을 한꺼번에 불행하게 하는 일은 불가능해. 다 같이 행복하기도 힘들지만 다 같이 불행해지는 것도 어불성설이더라고. 임무를 제대로 해내지 못했으니, 말하자면 이건 좌천 같은 거야. 이제 난 행복을 들어줄 수 없게 되었어."

"실수 좀 했다고 좌천 씩이나."

"그 사건 때문에 내부 규정이 바뀌는 일이 벌어졌어. 불행의 타깃이 한 사람이어야 한다는 제한이 생긴 거야. 딱히 할 말이 없긴 해."

"어떡하면 이 좌천에서 벗어나는 거야?"

"이 주전자 가득 내가 이룬 불행을 채우면 돼."

"다행이네."

"다행이라고?"

"주전자가 작아서."

"이봐. 불행의 크기는 행복과 비교하면 백 분의 일도 안 돼. 심지어 천년 만에 널 만났어. 앞날이 막막해."

"내가 도와줄 일은 없어?"

"좋은 질문이야. 이왕이면 사이즈가 큰 불행을 빌려주면 좋겠어. 비씨맨처럼 시시한 거 말고 말이야. 그런 작은 성과로 어느 세월에 좌천에서 벗어나겠니?"

동안은 지니와 수다를 떨다가 잠이 들었다.

새벽녘에 소스라치게 놀라며 잠에서 깬 동안은 베개에 누워 있는 지니를 보고 또 한 번 놀랐다. 들어가라는 명령을 하지 않고 잠들었더니 내내 옆에 있었던 모양이었다. 그나저나 동안이 놀란 이유는 강미애의 비명을 들어서였다. 정신을 차린 동안은 벌떡 일어나 방에서 나왔다.

안방 문이 열리지 않았다. 방 안에서 분명 무슨 일이 벌어지고 있는 것 같은데 방문은 굳게 잠겨 있었다. 동안이 문을 열라고 소리치며 주먹으로 방문을 거칠게 두드렸다. 문은 열리지 않았다. 다시 두드리고 소리치고 온몸으로 쿵쿵 밀쳐보다가 결국 마주공이 가져온 망원경으로 문고리를 부숴버렸다.

열린 문을 걷어차고 안방으로 들어간 동안은 믿을 수 없는 장면을 목격하고 말았다. 강미애의 길고 탐스러웠던 머리카락은 다 어디로 가고 삐딱 빼딱하게 짧아진 머리카락마저 산발이 되어 있는 것이다. 침대와 바닥에는 잘려 나간 머리카락이 제멋대로 나뒹굴었고 강미애는 머리를 감싼 채 바닥에 앉아 울고 있었다. 마주공은, 이 와중에 마주공은 시가에 불을 붙이는 중이었다.

동안은 두 주먹을 꽉 쥐었다. 온몸이 부르르 떨리고 피가 거꾸로 솟는 것 같았다. 강미애가 언제부터 얼마나 시달려왔을지 가늠할 수 없었다. 머리카락이 잘리고 나서야 외마디 비명을 지른 강미애가 지난 세월 동안 얼마나 많은 비명을 삼키고 살았을지 상상할 수 없었다. 현장을 목격한 지금 이 상황에서 동안은 어떤 행동을 해야 할지 판단이 서지 않았다. 어떻게 해야 강미애가 자신을 말리지 않을까. 이런 상황에서 이성적인 생각을 하는 자신이 싫었다. 술에 취한 마주공을 상대로 주먹이라도 날리면, 그렇게라도 하면 좀 후련해질까.

시가를 한 모금 빨던 마주공이 말했다.

"왜 변명도 안 해. 어째서 단 한 번도 변명을 안 하냐고. 분명히 남자한테 온 문자인데 아무리 캐물어도 설명을 안 해. 집구석에 가만 앉아 신선놀음하고 살라고 내가 목숨 걸고 돈 벌어다 주는데, 왜 자꾸 나가느냐고 왜."

동안은 마주공에게 다가가 마주공이 물고 있던 시가를 빼앗아 위스키가 든 술잔에 집어넣었다. 놀란 마주공이 동안을 쳐다보다가 큰 소리로 하염없이 웃었다. 화가 잔뜩 난 동안과 미친 사람처럼 웃는 마주공이 대치하고 있는 사이로 강미애가 끼어들었다. 강미애가 동안의 팔을 끌고 방 안에서 나가려고 했지만, 동안은 자신의 팔을 끄는 강미애의 머리카락을 보고 더 화가 나 버렸다.

"왜 이렇게 살아? 왜 이 꼴을 당하고 사냐고!"

"동안아, 나가서 얘기해 응?"

"엄마 바람피웠어? 아니잖아. 근데 왜 가만히 당하고만 있냐고!"

"바람이라니. 아니야. 그날 너 학교에 진학상담하러 갔잖아. 그 문자가 온 걸 보고 저러는 거야."

두 사람의 대화를 듣고 있던 마주공이 강미애를 노려보며 말했다.

"진학상담 좋아하네. 학교 선생이 밤 열 시에 상담 문자를 보낸다고? 이것들이 사람을 바보로 만들고 있어!"

마주공이 벌떡 일어나 강미애를 향해 손을 뻗었고 동안은 본능적으로 마주공을 밀쳐 넘어뜨렸다. 동안은 목이 찢어지도록 울부짖었다.

"죽어버려! 우리 앞에서 사라지라고! 태평양이든 대서양이든 그 좋아하는 바닷속으로 사라져버리라고! 지니, 제발 저 인간이 이 세상에서 영원히 사라지게 해 줘! 진심이야, 지니! 우리-두, 지니."

마주공은 그런 동안을 올려다보며 당황한 표정을 지었고 강미애는 일어나 동안을 품에 안으며 서럽게 울었다.

7

일주일 넘게 집안 분위기는 싸늘했다. 동안은 마주공뿐만 아니라 강미애와도 거리를 두었다. 지니마저 새까맣게 잊어버리고 학교와 학원, 피시방만 오고 갔다. 아무 생각 없이 아무것도 하고 싶지 않았다. 강미애는 동안이 아무것도 하지 않도록 내버려 두었다. 그렇게 보름쯤 지났을까.

─ 동안아, 아빠 내일 출항하신다고 오늘 저녁 먹자네. 학원 가지 말고 바로 들어와.

내일 간다고?

동안은 그날 밤 마주공을 향해 쏟아냈던 막말들이 떠올랐다. 그날 이후로 마주공은 대체로 가만한 생활을 했고 술도 거의 마시지 않았다. 웬만하면 학교 마치고 바로 집으로 달려가던 동안도 점점 마음을 놓았다. 마주공에게 했던 말들이 미안하지는 않는데, 후회하지도 않는데, 동안은 그날 일을 떠올리면 뭔가 가슴이 답답하고 짜증이 났다. 사과도 안 할 거고 주워 담지도 않을 건데, 할 말을 했을 뿐이고 들어도 싼 말들이었는데, 그날 일에 대해 한 번도 언급하지 않는 마주공을 볼 때마다 동안은 마주공만큼 태연할 수 없어서 화가 났다. 그날 이후로 말 한마디 섞은 적이 없었는데 뜬금없이 저녁을 먹자니……

동안이 집에 도착했을 때는 이미 식탁에 음식이 가득 놓여 있었다. 강미애는 개수대 앞에서 분주했으며 마주공은 식탁에 앉아 어설픈 젓가락질로 삼겹살을 굽고 있었다. 강미애는 상추와 깻잎을 탈탈 털어 소쿠리에 담다가 동안을 발견했고 동안에게 손만 씻고 오라고 말하며 한쪽 눈을 찡긋했다. 기분이 좋아 보였다.

강미애의 머리카락은 얼핏 사내처럼 보일 만큼 짧아졌지만, 스스로는 나름대로 만족하는 것 같았다. 계절이 바뀔 때마다 단발머리를 하고 싶다고 했던 강미애는 단 한 번도 긴 머리카락에서 벗어날 용기가 없었던 참에 좋은 기회였다고 말했다. 동안은 강미애의 외모뿐만 아니라 그런 낙천적인 성격까지 쏙 빼닮은 아들이었다.

마주공은 동안을 쳐다보지도 않았다. 쉴 새 없이 삼겹살을 구워 접시에 덜어내고 키친타올을 돌돌 말아 불판을 닦은 후 다시 삼겹살을 구웠다. 접시에는 바싹 익은 삼겹살이 맛없게 식어가고 있었다. 이럴 거면 저녁 먹자는 말은 왜 했을까. 쳐다보지도 않고 말도 안 할 거면서 다들 불편하게 밥은 왜 먹자고 한 걸까. 밥 먹기 힘든 시대도 아닌데 왜 걸핏하면 다 같이 먹으려는 걸까. 가족끼리 꼭, 데면데면한데 굳이. 동안은 미간을 찌푸리며 방으로 들어갔다가 강미애가 걱정되어 다시 나왔다. 걱정이 무색하게 강미애는 여전히 기분 좋은 얼굴이었다.

동안이 식탁에 앉자 강미애는 동안 몫의 미역국을 퍼다 주었고 마주공은 식어 빠진 삼겹살을 불판 위에 쏟아부었다. 하얗게 굳었던 삼겹살 기름이 열을 받자 언제 그랬냐는 듯 투명해졌다. 마주공은 야들야들해진 삼겹살을 젓가락으로 몇 번 휘젓다가 다시 접시에 옮겼다. 옮기는 동안 젓가락이 엇나가면서 몇 번이나 삼겹살을 떨어뜨렸다. 아무래도 동안을 의식하는 것 같았다. 삼겹살이 소복이 쌓인 접시를 동안의 앞에 내려놓은 마주공은 고추를 된장에 푹 찍어서 입안에 넣었다가 매웠는지 국그릇을 통째 들어 미역국을 마셨다.

강미애는 동안을 쳐다보며 마주공의 일정에 관해 이야기했다. 내일 출발하면 이번엔 좀 오래 걸리는 모양이라고. 아마 이 식사가 올해 마지막 가족 모임이 될 것 같다고 말했다. 가족 모임이라니. 동안은 강미애의 표현이 마음에 들지 않았다. 품격있는 행동을 하고 고상한 표현을 쓰기 위해 노력하는 강미애가 가식적으로 보일 때도 있었지만, 엄마로서는 나쁘지 않았다. 문제는 마주공 앞에서도 그런다는 점이다. 동안은 강미애가 제발 마주공 앞에서만큼은 예뻐 보이지 않았으면 좋겠다. 아무튼, 강미애가 그렇게 대화의 물꼬를 텄지만,

동안도 마주공도 입을 열지 않았다. 두 남자는 그저 삼겹살을 씹거나 미역국을 마시면서 식사에 집중했다.

늦은 밤 마주공이 동안의 방에 노크를 했다.

"동안아, 아버지다."

동안은 깜짝 놀라 허둥지둥 침대에서 일어섰다. 마주공이 동안의 방에, 동안이 있을 때 찾아오는 상황은 매우 드문 일이었다. 초등학교를 졸업하고 나서는 처음인 것 같다. 매너있게 노크까지 하는 마주공이 어색하고 이상하게 느껴진 동안은 심장이 쿵쾅거렸다.

헝클어진 머리카락을 몇 번 쓸어내린 동안은 천천히 방문을 열었다. 마주공도 상당히 겸연쩍고 긴장한 사람 같이 굴었다. 방 안으로 발을 들인 마주공은 느린 걸음으로 책상 앞까지 걸어갔다. 동안은 괜히 침대보 끄트머리를 반듯하게 펼쳤고 마주공은 뭔가 고백할 것 같은 수줍은 소년의 몸짓으로 머리를 긁적이며 두리번거렸다. 두 남자는 서로가 낯설어서 몸 둘 바를 몰랐다. 드디어 마주공이 입을 열었다.

"저기 말이야. 그날 일은 잊어버려. 딱 한 번, 실수였어."

마주공이 동안의 시선을 회피하며 그렇게 말했을 때 동안은 당황했다. 예상하지 못한 태도였다. 동안은 무슨 말을 해야 할지 몰라 애먼 휴대폰만 만지작거렸다. 진짜 어른 같은, 진정한 아버지 같은 이런 모습은 처음이었다. 지금까지 동안이나 강미애 앞에서 잘못을 인정하고 굽힌 적이 단 한 번도 없었던 마주공이었다.

"아버지가 미안해."

심지어 사과라니.

동안은 마주공에게 무슨 일이 일어난 것일까 짐작해보았다. 그저 밀친 것일 뿐이라고 생각했지만 어쨌든 동안도 그날 과잉방어를 한 것은 아닌지, 자신이 제압당할 만큼 아들이 커버렸다는 사실에 놀랐거나 서글퍼서 저러는 건 아닌지 동안의 머릿속은 복잡하게 움직였다. 마주공은 그 말만 남기고 돌아섰다가 다시 돌아서서 어정쩡한 자세로 동안의 왼쪽 어깨에 손을 얹었다가 진짜로 돌아섰다.

"아버지도요."

동안의 목소리에 방문을 열던 마주공이 가만히 섰다. 동안은 왠지 자신도 사과 비슷한 걸 해야 할 것 같았다. 상대가 먼저 손을 내밀었고 어른이 어른 같이 나온다면 그것을 학습하는 것이 학생의 도리가 아닌가 싶은 생각이 들었다. 또한, 지금 그렇게 해야 마주공이 어른스럽게 행동한 것을 잘했다고 여길 테고 다음번에 유사한 상황이 닥쳐도 오늘처럼 행동해야 옳다는 것을 느끼지 않을까 싶었다. 뭐든 처음이 중요한 법이고 처음 한 행동이 긍정적인 결과를 가져왔을 때 그것은 습관이 되거나 신념이 되기도 하는 법이니까.

"저도 죄송해요. 아버지도 잊어버리세요."

마주공은 등을 돌린 채로 머리를 두어 번 끄덕이다가 방을 나갔다. 곧 겨울이었다.

8

마주공이 탔던 선박이 난파되어 전 세계에 생중계되었다. 인양에는 얼마나 걸릴지 모른다고 했다. 탑승자 전원 실종이라고 보도되었지만 사실상 사망이었다. 함께 실종된 다른 선원들과 함께 사체도 없이 합동 장례식을 치렀다.

동안은 그때까지 잊고 있었다. 그날 자신이 소리친 소원이 있었다는 것을. 평생 안고 살아야 할 죄책감이 생겼으나 지니를 원망하지 않기로 했다. 그때는 그래야 했고 그때는 진심이었고 그때는 절박했던 마음들이 시간이 지날수록 변질되거나 바뀌거나 사라지기도 하는 거니까. 당장은 힘들어도 죄책감 역시 먼지처럼 작아졌다가 사라질 테고. 적어도 강미애가 과거보다 불행해지지는 않을 테고.

2부

열일곱의 사랑이 비극이라니

9

동안은 이제 마주공을 피해 일부러 먼 곳에 있는 학교에 진학하지 않아도 되었다. 오히려 마주공이 없어서 집을 떠날 수 없었다. 단 한순간도 혼자였던 적이 없었던 강미애를 두고 갈 용기가 나지 않았다. 상황은 바뀌었는데 동안의 입장은 여전했다.

중학교 졸업식 날 동안은 강미애에게 넌지시 물었다. 기숙사가 있는 학교에 가면 피차 혼자 생활해야 하는데 그건 좀 아닌 것 같다고. 양념갈비를 굽던 강미애는 따뜻한 표정으로 동안을 바라보며 말했다.

"다 큰 네가 있어 봐야 밥하고 뒤치다꺼리밖에 더하겠어? 엄마도 자유롭게 살고 싶어."

동안은 갈비를 뜯으면서 강미애가 한 말이 진심인지 아닌지 강미애의 얼굴을 살폈다. 마음에 없는 말을 할 때마다 가식적으로 끌어올린 입꼬리가 파르르 떨리는 강미애의 버릇을 알고 있었기 때문이었다. 그날 강미애의 얼굴 어디에도 떨림은 없었다. 진심이라면, 굉장히 낯선 얼굴이었다.

동안이 공군사관학교를 눈여겨보았을 무렵에 마주공은 바다 한가운데를 떠다니고 있었다. 별다른 연관성을 두었던 것은 아니었다. 처음에는 마주공이 있는 집을 벗어나고 싶었고 마주공과 전혀 다른 삶을 살고 싶었을 뿐이었다. 큰 의미를 두었다거나 대단한 목표를 가진 것은 아니었는데 항공우주박물관에 다녀온 뒤로 블랙이글스 같은 멋진 공군이 되고 싶다는 생각이 확고해졌다.

짠 내가 진동하는 바다 한가운데에서 몇 달 동안 발이 묶이고 종일 몸에 전해졌을 미세한 파동은 여자나 때려 부수는 마주공을 만들어내기에 충분한 스트레스를 주었을 것이다. 그러나 하늘이라면, 저 광활한 허공에서 자유로운 비행을 하는 사나이라면, 여유롭고 배포 있는 사내다운 사내로 살아갈 수 있을 것 같았다. 마주공이 사라진 후에도 그 마음에 변함은 없었다. 얼마간은 그랬다.

확고하게 진로를 결정하고부터 동안은 한 시간 정도 일찍 등교했다. 공군사관학교가 마음먹었다고 갈 수 있는 곳은 아닌 데다가 혼란스러웠던 중학교 시절 동안 제대로 닦아놓지 못한 성적이 고민이었다. 이제 불안에 떨게 할 마주공도 없고, 걱정해야 할 강미애도 씩씩하게 살아가고 있으므로 동안은 비로소 자신의 진학과 미래에 팔을 걷어붙일 때가 된 것으로 생각했다.

10

불 꺼진 교실 문을 가장 먼저 열고 들어가는 기분만으로 공부에 열정이 생긴다는 것을 동안은 알게 되었다.

여느 날과 똑같이 이른 시간에 교실 문을 열었다. 불이 환하게 켜져 있었다. 이제 겨우 일주일 맛본 열정이 짓밟히는 순간이었다. 교실 중간 자리에서 설아가 혼자 열공 중이었다. 아무리 설아라도 동안은 썩 유쾌하지 않았다. 어쩌면 내일부터 몸이 알아서 한 시간 늦게 일어날지도 모를 일이다. 동안은 책상 위에 내던지듯 가방을 내려놓았다. 인기척에 뒤를 돌아본 설아는 귀에 꽂은 이어폰을 빼며 아는 채를 했다.

"어머. 일찍 왔네?"

동안은 대답하지 않고 그대로 책상에 엎드렸다. 동안의 냉담한 태도에 민망할 법도 한데 설아는 괘념치 않았다. 일어나 동안 옆자리로 가 앉은 설아는 동안처럼 책상에 엎드려 동안을 쳐다보았다. 동안이 눈을 떴을 때 설아와 시선이 마주쳤고 동안은 반대편으로 고개를 돌렸지만 설아는 깔깔거리고 웃었다. 그 웃음소리가 싫지 않다. 누군가가 지척에서 웃는 소리를 꽤 오랫동안 듣지 못한 것 같은 동안은 설아의 웃음소리에 가만히 귀를 기울였다.

"마동안. 너랑 나랑 초등학교 5학년 때 같은 반이었는데 기억 안 나? 아무튼 넌 그때나 지금이나 한결같이 싸가지가 없어. 잘 생겨서 다들 봐주는 줄 알아."

설아는 본인이 한 말에 본인이 웃긴지 다시 깔깔거리고 웃었다. 동안은 속으로 생각했다. 그 전에도 같은 반이었던 적이 있다고. 저 기억력으로 어떻게 일등을 하는지 모르겠다고.

11

동안의 초등학교 입학식 날. 마주공과 강미애가 나란히 참석했고 세 사람은 단란한 가족으로 보이기에 부족함이 없었다. 그때는 마주공이 바다와는 아무 관계 없는 인테리어 일을 했었다. 가끔 거칠었지만 봐줄 만한 야성미여서 강미애는 그런 마주공이 때론 든든했고 동안은 그런 마주공을 동경한 적도 있었다. 마주공은 자신의 단단한 어깨에 동안을 목말 태워 입학식에 참석했었다.

생애 처음 배정받은 교실에서 동안은 한 여자아이를 만났다. 갈색 파마머리를 똬리 튼 뱀처럼 감아서 정수리 위에 올린 여자아이는 동안의 옆자리에 앉았다. 커다란 눈을 끔뻑일 때마다 가늘고 긴 속눈썹으로 바람을 일으키던 여자아이. 낯가림도 없이 동안을 쳐다보며 인사하던 여자아이의 미소. 노란색 원피스와 나비 모양의 머리핀, 초록색 매니큐어가 발린 작은 손톱들을 동안은 오랫동안 쳐다보았다. 사람이 천사일 수 있다면 딱 그런 모습일 거라고 동안은 생각했다. 넋을 잃은 동안에게 여자아이가 웃으며 말했다.

"넌 이름이 뭐니? 난 윤설아라고 해."

여자아이는 그 작고 예쁜 입으로 조잘조잘 말도 잘했다. 자신의 엄마가 얼마나 예쁜지에 대해, 아빠가 만화 작가라는 사실이 얼마나 멋진 일인지에 대해, 그래서 자신이 예쁘고 그림도 잘 그린다는 전후 맥락에 대해 여자아이는 천진하게 떠들었다. 심지어 아빠가 돈을 못 벌어서 엄마랑 이혼했는데 그건 비밀이라는 얘기까지, 아빠에겐 누군가 필요하므로 자신은 아빠랑 살고 있다는 말까지 서슴지 않았다. 동안은 재미없고 인기도 없는 윤지태의 만화를 기꺼이 애독하게 될 줄은 그때 미처 몰랐고, 자신이 소설이나 만화를 좋아한다는 것도 그전까지는 모르고 있었다.

초등학교에 입학하자마자 설아의 인기는 나날이 높아졌다. 사랑스럽게 생긴 사람이 사랑스러운 표정을 짓고 사랑스러운 말만 쓰니 남자아이들의 사랑을 받기엔 말할 것도 없었고, 예쁜 사람이 명랑하며 뭐든 나누고 배려할 줄 아니 여자아이들이 미워할 명분이 없었다. 인기 많은 아이가 말도 잘 듣고 공부도 잘하니 선생님들은 설아를 대놓고 편애했다. 사랑을 많이 받던 설아는 더욱 사랑스러운 아이가 되어갔고 설아의 주위에는 늘 친구들이 있었다. 그에 반해 냉소적이고 소심했던 동안은 바로 옆자리에 앉아 있는 설아에게 다가갈 엄두가 나지 않았다.

일학년이 끝나고 오학년 때 다시 같은 반이 되기까지 설아는 언제나 반장이었고 동안은 변함없이 말 없는 아이였다. 동안은 설아의 반을 가끔 어슬렁거렸다. 설아가 운동장에서 뛰어놀 때는 턱을 괴고 앉아 하염없이 바라보기도 했다. 오학년은 풋내나는 일학년과는 달라 남자아이들이 대놓고 설아에게 구애를 보냈고, 한편에선 내외면이 완벽한 설아를 점점 시기 질투하는 여학생 무리가 생겨났다.

설아는 친구도 많고 인기도 많았지만, 동안을 자주 챙겼다. 괜히 옆에 와서 숙제했냐고 물어보고 동안이 혼자 점심을 먹고 있으면 자리를 옮겨 동안 앞에 앉았다. 설아가 동안에게 친절하게 굴거나 친한 척을 한들 오해하는 사람은 아무도 없었다. 동안은 그 사실에 화가 나기 시작했다. 설아의 모든 관심이 동정일지도 모른다고 생각해서였다. 자신이 왕따를 당하는 것도 아니었고 친구가 전혀 없는 것도 아니었고 불우한 가정환경도 아니었다. 동정받을 만한 하등의 이유가 없다고 생각했지만, 왠지 그런 느낌이 들었다. 그런 기분이 든 이유는 자신을 향한 설아의 친절이 호감이라고 생각하는 사람이 아무도 없어서였다. 그래서 설아에게 일부러 쌀쌀맞게 대했다. 쌀쌀맞게 굴어도 설아는 늘 친절했고 동안은 더욱 화가 났다. 어쩌면 천성이 착한 사람의 변함없는 친절도 누군가에겐 상처가 될지도 모른다고 생각했다.

중학교에서 설아와 갈라진 동안은 삼 년 내내 설아를 떠올렸다. 학교라도 같으면 마주치기라도 할 텐데 완전히 반대 방향으로 갈라져 버렸다. 부단이 녀석과 친구가 되고 어느새 단짝이 되었지만 부단이가 설아의 빈자리를 채워주지는 못했다. 입만 열면 장소 불문 트로트만 불러대던 부단이 때문에 지성적이고 다정한 설아가 더 그리웠다.

그즈음 동안은 책에 빠졌다. 『데미안』을 읽으며 충격을 받았고, 『죄와 벌』을 읽으며 가치관에 변화가 생겼다. '셰익스피어의 4대 비극'은 동안을 혼란스럽게 만들었다. 리어왕, 맥베스, 오셀로, 햄릿. 그들은 하나같이 잊고 있었던 지니를 떠올리게 했다. 동안은 두려웠다. 어쩌면 자신이 그 비극에 합류한 인간이지 않을까, 하는 의구심이 들었다. 성인이 되기 전까지는 지니를 불러내지 않을 생각이었다. 성인이 된다고 해서 매번 합리적인 판단을 하는 건 아니겠지만, 지금으로선 자신의 판단력을 신뢰할 수 없었다. 스스로 미숙한 상태라고 인지하면서 지니를 이용했다가는 마주공에게 가했던 비극을 또 저지를 것 같았다.

고등학교 입학식 날, 설아를 발견한 동안은 부단이의 수다나 노랫소리가 들리지 않을 정도로 넋이 나갔다. 그러니까 지금 이렇게 웃고 있는 설아를 한 교실에서 다시 만나게 되기까지의 그 긴 세월을 한 번에 보상받는 느낌이랄까. 어쩌면 마주공이 죽었을 때 받았던, 상실감보다 훨씬 컸던 죄책감이 치유될 수도 있을 것 같았다. 설아를 다시 만난 것은 마치 기적처럼 느껴졌다.

처음 며칠은 설아가 낯설었다. 수업 시간마다 다른 선생님의 목소리로 마동안이라는 특이한 이름이 불리는데도 설아는 아는 체하지 않았다. 마동안도 윤설아도 지금까지 동명이인은 만나본 적 없었다. 설아가 설마 자신을 기억하지 못하는 건지, 관심이 없는 건지, 일부러 그러는 건지 동안은 알 수 없었다. 설아의 마음을 알 수 없어서 먼저 말을 걸지도 않았다.

설아는 반장이 되고서야 처음으로 동안의 이름을 부르며 동안과 시선을 주고받았다. 그때 설핏 찡긋거리는 입술을 동안은 발견했다. 착각일 수도 있다. 단순한 미소였을지도 모른다. 동안을 향한, 동안만을 위한 찡긋이었는지 확인할 수 없었다. 중요한 것은 그 순간 동안의 심장이 요동쳤다는 사실이었다. 설아는 여덟 살 때나 지금이나 완벽하게 사랑스러웠다.

설아가 동안만큼 학교에 일찍 나온다는 걸 알게 된 동안은 평소보다 십 분 일찍 학교에 갔다. 십 분 뒤면 설아가 왔고 십 분 뒤에 설아의 단짝인 고은이 도착했다. 고은도 학교에 일찍 와야 할 이유나 계획이 있는지는 모르겠지만, 동안에겐 소중한 시간을 빼앗는 눈치 없는 친구였다. 대부분의 아이들은 적어도 한 시간은 지나야 등교했다. 초등학교 일학년 때부터 친구가 되었지만 친해질 기회는 없었고 둘이 있는 시간은 더욱 없었기에, 동안은 몇 분이나마 설아와 단둘이 있는 아침이 즐거웠다. 설아는 등교하는 동안을 늘 반갑게 맞아주었다.

"오늘도 일찍 왔네?"

동안은 그런 설아가 싫지 않았지만, 콘셉트를 유지했다. 쌀쌀맞고 냉소적인.

설아와 재회한 후 동안은 종종 입이 근질거렸다. 집에 오면 거의 매일 지니를 불러냈다. 성인이 될 때까지 지니를 부르지 않겠다는 다짐은 지키지 못했다. 소원만 빌지 않으면 아무 문제 없을 것 같았다. 덕분에 지니는 설아의 이야기를 귀에 못이 박이도록 들어야 했다.

"그렇게 좋으면 사귀어."

지니가 말하자,

"안 돼."

동안이 대답했다.

"왜?"

"내가 달려."

"뭐가 달리는데?"

"그냥 달려."

"사랑하는데 달리고 말고가 어딨어? 이봐, 넌 열일곱이야. 십대같이 굴라고. 미리 겁먹거나 계획하지 말고 저지르는 것도 있어야지. 그거 다 나이 먹으면 후회한다니까. 첫사랑은 소중한 거야."

"사, 사랑이라니. 인간도 아닌 네가 사랑을 알아?"

"너 지금 얼굴이 홍당무가 됐어!"

지니가 보이지도 않는 배꼽을 붙잡고 웃었다. 분홍빛이 붉게 변해 터져버릴 지경이었다. 동안은 약이 올라 소리쳤다.

"꺼져."

"응."

12

아침 시간을 함께 보낸 이후로 설아와 가까워진 동안은 학교 가는 게 모처럼 즐거워졌다. 가끔은 점심을 같이 먹기도 하고 하교할 때 동행하기도 했다. 동안은 설아를 향한 마음이 점점 커지고 있다는 걸 느꼈다. 설아도 그럴까?

종일 기분이 좋아 보였던 설아가 동안을 불러냈다. 평소 설아가 즐겨 찾는 벤치였다. 운동장 끄트머리에 있어서 거의 드나드는 사람이 없고 등받이가 없어서 불편한 벤치였는데, 설아는 등받이가 없어서 좋다고 말했었다. 기댈 수 있는 건 다 싫다고 말하면서도 설아는 명랑했다. 동안의 눈에 설아는 뭐랄까, 명랑해야 한다는 강박이 있는 것도 같았다. 슬픈 얘기를 하면서도 늘 웃고 있었으니까.

설아는 다리에 리듬을 타며 앉아있었다. 동안은 설아 옆에 앉으며 물었다.

"뭐 좋은 일 있어?"

"응! 아빠한테 여자 친구가 생긴 것 같아. 아직은 내 추측일 뿐이야."

설아는 아빠가 이발도 하고 면도도 한다고 말하면서 밝게 웃었다. 남자 어른이 이발하고 면도하는 건 지극히 정상이고 평범한 일이라고 동안이 말해주었다. 설아는 아빠가 집 청소도 하고 세탁기도 돌리고 다림질까지 한다고 말했다. 동안은 부모로서 해야 할 의무들이라고 말해주려다 말았다. 이어진 설아의 마지막 말에는 동안도 할 말이 없었다. 설아는 말했다. 무엇보다 아빠가 자꾸 웃는다고.

"웃는 법을 잃어버린 사람 같았어. 온몸으로 행복하길 거부하는 사람 같기도 했고. 어둠의 자식처럼 낮에 자고 밤에 일어나서 만화만 그렸어. 그런 아빠가 요즘 대낮에 외출을 한다니까? 면도를 하고 스킨로션을 바르고 다림질한 셔츠를 입고 말이야!"

동안은 설아를 쳐다보며 말했다.

"좋아?"

"당연하지. 말이라고! 아빠가 먼저 사랑하는 사람을 찾아야 나도 마음 편히 사랑을 할 텐데, 거의 포기하고 있었단 말이지. 근데 똥 싸러 갈 때도 핸드폰을 들고 가고 라면 먹다가 혼자 막 웃고 그래. 색깔 있는 옷도 막 입고 향수 같은 것도 막 뿌리고. 아빠가 아무리 숨겨도 이건 빼박 연애야. 안 그래?"

동안은 다른 말보다 '내가 마음 편히 사랑을 할 텐데'라는 부분에 집중했다. 사랑을 하고 있다는 건지 사랑을 하고 싶다는 건지 모르겠지만 그 말이 머릿속에 계속 맴돌았다. 사랑에 빠진 설아는 어떤 모습일지 상상할 수 없었다. 지금보다 더 행복한 얼굴로 지금보다 더 자주 웃는 설아의 얼굴을 가질 그 남자는 어떤 놈일까. 저 얼굴로 사랑한다고 말하는 걸 지켜보는 남자는 도대체 어떤 복을 타고난 놈일까.

어쩌면 설아의 추측이 맞을지도 모르겠다. 지난밤 업로드된 윤지태의 웹툰은 제목부터 대놓고 '썸'이었다. 여자와 남자가 사랑인지 아닌지 몰라서 썸만 타다가 죽는 내용이었다. 커다란 동그라미에 눈코입이 점처럼 찍힌 남녀가 손을 잡고 거리를 활보하거나, 서로의 등을 바라보며 서 있기도 하고, 또 어떤 날은 각자 거울을 보고 울거나 추억에 잠기는 그림들이 이어졌다. 그러다가 별안간 둘 다 죽었다. 사랑한다는 말은 하지도 듣지도 못한 채로. 웹툰을 막상 다 보고 나서는 조금 의아했다. 사랑에 빠진 남자의 머릿속에서 나온 내용이라기엔 심각하게 어두웠기 때문이다. 도대체 그런 아빠를 둔 설아는 어쩜 이렇게 밝고 건강한 걸까.

"넌 엄마가 연애하는 거 반대야?"

불쑥 들어온 질문이었다. 동안은 그 부분에 대해 생각해 본 적이 없었다. 생각해 봐야 하는 문제인지조차 알 수 없는 지금, 어떤 대답을 해야 할지 망설이다가 이도 저도 아닌 대답을 했다.

"글쎄."

설아는 교복 주머니에서 막대 사탕을 꺼내 껍질을 까며 말했다.

"그건 사실 우리가 판단할 문제는 아니야. 부모님도 그들의 인생이 있는 거고."

설아는 딸기 색깔의 막대 사탕을 동안에게 건넸고 동안이 살랑살랑 고개를 젓자 자신의 입에 집어넣었다. 설아는 또 다른 막대 사탕의 껍질을 까며 말했다.

"우리 엄마는 드라마를 참 좋아했어. 나는 초등학교 들어가기 전부터 웬만한 드라마는 다 꿰고 있었던 애야. 그 수많은 드라마 내용 중에 제일 이해가 안 되는 게 뭐였는 줄 아니? 부모님께 결혼 허락받으러 가는 연인들이었어. 그건 허락이 아니라 통보가 맞는 거 아냐? 결혼을 반대하는 건 또 뭐야. 어른이 되어도 좋아하는 사람과 맘대로 못 산다는 게 말이 돼?"

설아는 사탕을 왼쪽과 오른쪽 볼에 반복적으로 옮겨놓으며 수다를 떨었다. 두 번째로 깐 막대 사탕은 초콜릿 색이었다. 설아는 오른손으로 사탕의 껍질을 구겨 주머니에 넣으며 왼손으로 초콜릿 색의 막대 사탕을 동안에게 내밀었다. 동안이 이번에도 고개를 내저었지만, 설아는 사탕을 동안의 입안에

강제로 밀어넣었다. 동안은 설아의 거침없음이 싫지 않았고 딸기 맛보다는 초콜릿 맛이라서 다행이라는 생각이 들었다.

　동안은 내내 설아가 했던 말들을 곱씹었다. 아빠가 자꾸 웃는다고 했던 말을. 웃는 얼굴이 당연히 사랑과 연관이 있는 것처럼 했던 말을. 동안은 요즘 들어 부쩍 밝아진 강미애가 떠올랐다. 마주공이 죽은 후 기계처럼 밥상을 차리고 두문불출했던 강미애였다. 물론 어떤 감정도 시간이 지나면 퇴색되거나 사라질 수 있지만, 갑자기 너무 생생하게 달라진 강미애가 자꾸 머릿속에 걸렸다. 언제부턴가 강미애는 요가를 배우러 다녔다. 얼굴에 팩을 붙이고 나타나 온몸에 탄력이 떨어지고 있다고 동안에게 하소연했다. 엉덩이가 처져서 청바지를 못 입겠다며 스쿼트 자세를 취하다가 옆으로 넘어지기도 했다.

　만약에 강미애가 연애를 한다면, 사랑하는 남자가 생겼다면 동안의 입장에선 그리 나쁘지 않았다. 어차피 기숙사도 가야 하고 군대도 가야 하고 결혼을 하게 될지도 모르는데 강미애가 혼자인 것보다 훨씬 나을 것 같았다. 엄마의 새로운 사랑을 진심으로 축하해주고 응원해주는 멋진 아들이 되겠다고 동안은 생각했다.

13

동안은 설아네 집도 알아둘 겸 처음으로 설아를 집까지 바래다주기로 했다. 설아는 가는 내내 수다를 떨었다. 동안은 그런 설아가 싫지 않았다. 동안이 어떤 반응을 해도, 어쩌다 무반응이어도 설아는 분위기를 끝내 즐겁게 만드는 재주가 있었다. 그래서 동안은 설아와 함께 있을 때 어떤 긴장도 어떤 부담도 갖지 않았다.

아파트도 작고 놀이터도 작았다. 다섯 명의 꼬마들이 놀고 있었고 한두 명의 꼬마들은 엄마 손에 붙들려 놀이터를 빠져나갔다.

"재밌는 얘기 없어?"

그네에 앉은 설아가 말했다. 오는 내내 설아 혼자만 떠들게 만든 것이 미안했던 동안은 지니가 떠올랐다.

"이상하게 들릴지 모르겠지만 말이야."

설아는 호기심 어린 눈동자로 쳐다보았다.

"너, 지니 알지?"

"지니? 조폭 같은 램프의 요정?"

"응. 일단 그렇지."

"지니가 왜?"

동안은 말문이 떨어지지 않았다. 도대체 이 얘기를 어떻게 진짜처럼 해야 진짜 같을지. 자신이 생각해도 말도 안 되는 일인데 설아가 믿어줄지. 한숨을 쉬다가 피식 웃다가 입을 오물거리며 망설이는 동안을 쳐다보던 설아가 말했다.

"믿어줄게. 뭐든."

설아의 말에도 선뜻 입이 떨어지지 않았다. 동안의 고백을 기다리는 설아의 눈빛에는 총기와 배려와 믿을 수 없는 애정으로 가득했다. 현실감이라고는 전혀 없는 만화를 그리는 사람과 오랫동안 살아온 설아니까 어쩌면 지니의 존재를 누구보다 믿어줄 사람이라는 생각이 들었다. 그 믿음에서 용기가 난 동안은 지니를 만난 순간부터 상세하게 설명하기 시작했다. 설아는 단 한 번도 웃거나 말을 자르거나 믿을 수 없다는 눈빛을 하지 않았다. 끝까지 경청한 설아는 밝은 목소리로 말했다.

"대박. 나도 좀 만나게 해 줘."

동안은 지니를 설아에게만큼은 꼭 보여주고 싶었지만, 걱정이 있었다.

"가능할지는 모르겠어. 지니는 내 앞에서만 나타난다고 했거든."

"아쉽다. 나도 보고 싶은데."

"일단 얘기는 해볼게."

"그래!"

지니를 만나게 해 달라는 설아의 부탁을 거절할 수 없었던 동안은 그날 밤 지니를 불러냈다. 나름 간곡하게 부탁했지만, 지니는 단호했다.

"그건 안될 말이야."

"왜? 어째서?"

"나는 너 아닌 다른 누구 앞에서도 나타날 수 없다고 했잖아. 이유는 묻지 마. 그냥 그렇게 설계된 세상이야. 뭐 세상이 다 설명할 수 있는 건 아니잖아?"

"약속했는데 그럼 어떡해. 한 번만 부탁하자."

"어쩌자고 그런 약속을 한 거야. 쯧쯧쯧."

"됐고. 어차피 내 소원 들어줄 거잖아."

"그렇지. 불행만. 근데 내가 그 여자애를 만나는 건 누가 불행해지는 소원이 아니잖아? 어쨌든 그건 규정 위반이야. 규정을 떠나 그거 자체가 안 된다니까."

동안은 망연자실했다. 설아에게 지니를 보여줄 수 없다면, 헛소리나 지껄인 놈이 될 거였다. 여기까지 믿어준 것도 설아 니까 가능한 일이었다. 설아와 지니를 공유하고 싶었다. 뭐든 같이 하고 싶었다. 이런 환상적인 현실을 함께 누리고 싶었다. 망했다. 이제 설아에게 뭐라고 설명해야 할지 모르겠다. 그건 규정위반이래, 라고 말하면 설아는 믿고 싶었던 마음마저 사라지고 자신을 실없는 놈으로 볼지도 모른다. 어쩌면 과대망상이나 조현병과 같은 정신질환자로 의심할지도 모른다. 걱정하다 못해 신경질이 난 동안을 지니는 말 없이 쳐다보고 있었다.

"저기, 마동안. 그냥 설아한테 농담이었다고 말하고……."

"꺼져."

14

설아는 실망하지 않는 눈치였다. 해맑게 웃으며 그럴 수 있을 것 같다고 말했다. 동안은 얼마나 다행인지 하마터면 눈물이 날 뻔했다. 설아는 친절하게 지니의 안부를 물었다. 지니가 가진 능력에 관해서도 궁금해했다.

동안은 비씨맨 사건을 얘기해주었다. 물론 설아도 아는 내용이었다. 비씨맨 사건은 근방에서 모르는 사람이 없었고 누가 봐도 아이러니한 일이었다. 그 사건이 지니에게 시험 삼아 빌었던 첫 소원이었다고 말하자 설아는 입을 벌리며 놀라워했다.

"어쩐지 너무 이상했어."

설아는 아무 증거도 없는 얘기를 또 믿는다.

"그럼 소원이 이제 네 번 남은 거야?"

"……."

동안은 마주공을 떠올렸다. 잠시 주춤했던 죄책감이 스멀스멀 기어 나왔다. '죽어버려! 우리 앞에서 사라지라고! 태평양이든 대서양이든 그 좋아하는 바닷속으로 사라져버리라고! 지니, 제발 저 인간이 이 세상에서 영원히 사라지게 해줘! 진심이야, 지니! 우리-두, 지니.' 익숙한 목소리가 머릿속에서 맴돌았다. 이 얘기는 정말 누구에게도 하고 싶지 않았다. 설아에게는 더욱 고백하지 않을 것이다. 동안의 얼굴이 바람 빠진 풍선처럼 변하자 설아가 눈치를 챘다.

"아니구나? 다른 소원을 또 빌었구나? 굳이 말하지 않아도 돼. 근데, 몇 번 남은 거야?"

"세 번."

"우와. 그럼 그 세 번은 아껴둬. 우리 이제 겨우 열일곱인데 백세인생에 무슨 일이 닥칠 줄 알고. 안 그래?"

동안은 고개를 끄덕였다. 고개를 끄덕이는 사이, 후회와 자책들이 모래바닥으로 후두두 떨어졌다. 동안의 귀에 설아의 목소리를 비집고 들어올 다른 소리는 아무것도 없었지만,

자꾸만 후두두 무언가 떨어지는 소리가 들렸다. 동안은 운동화 밑창으로 바닥을 쓸었다. 아무리 쓸어도 떨어진 것들이 사라지거나 은폐되지는 않았다. 누구에게도 말할 수 없는 비밀 같은 게 생긴 건 아무래도 유쾌하지 않았다. 그건 일종의 짐이었다. 그 짐을 평생 지고 가야 한다고 생각하니까 비로소 무게가 실감났다. 상대가 설아라고 해도 말할 수는 없었다. 좋아하는 사람에게 솔직할 수 없다는 건 정말 슬픈 현실이었다.

"그런 대박 행운을 얻은 애 표정이 왜 그러니?"

"그게, 불행만 들어준다는 게 께름칙해."

"음. 있잖아. 생각을 좀 전환해 봐. 불행이 꼭 나쁘기만 할까?"

"불행이 꼭 나쁘다기보다는 누군가의 불행을 내가 원해야 한다는 게 힘들어."

"그럴 수 있겠다. 근데 동안아. 그렇게 이중법으로 생각할 필요는 없을 것 같아. 이를테면, 네가 비씨맨을 불행하게 해 달라고 빌었던 덕분에 그 사람이 환골탈태했잖아."

"환골탈태?"

동안은 비씨맨의 소식을 알지 못했다. 설아는 동안에게 포털에서 검색한 비씨맨의 근황을 보여주었다. 그의 사연은 이미 인터넷에 파다하게 퍼져 있었다.

벌금 처분을 받은 후 비씨맨은 집으로 돌아갔다. 부끄러운 사건으로 만천하에 공개된 비씨맨은 집안에 틀어박혀 지냈다. 그런 비씨맨에게 무료로 정신건강 치료를 후원한 병원이 있었다. 다행히도 본인에게 치료 받으려는 의지가 있었다고 한다. 방송사나 잡지사에서 이따금 그에게 인터뷰를 요청하기도 했다. 급기야 지역의 정신건강 요양원에서 비씨맨에게 일자리를 내어주었다. 병원 홍보직에 취업한 비씨맨은 황정남이라는 본명으로 살기 시작했다. 황정남은 건강하고 바른 사람으로 살고 있었다. 옷도 제대로 입고.

설아는 동안의 눈앞에서 휴대폰을 회수하며 말했다.

"너와 지니가 아니었으면 황정남은 비씨맨으로 살다가 죽었을 거야. 살면서 누구나 불행을 겪게 되지만, 어떤 불행은 삶의 전환점이 될 수도 있어. 비씨맨처럼."

설아의 말이 이해되고 비씨맨의 후일담이 설아의 말에 근거가 되어 주었지만, 그래도 동안의 마음은 평온하지 못했다. 불행을 전환점으로 삼게 된 사람이 많을까? 잘 모르겠다. 어쨌든 불행을 빌어야 한다는 게 신나는 일은 아니다. 무엇보다 타인의 불행을 빌 때, 그 사람이 환골탈태하기를 바라면서 빌지는 않기 때문이다. 비씨맨 같은 사례가 있는가 하면 마주공처럼 죽어버리는 사람도 있으니까. 그런 최악의 불행을 자신이 만든 것 같고 앞으로 그러지 않을 거라는 확신도 없었다. 살면서 어떤 욕망에 사로잡힐지 알 수 없어서 동안은 불안했다. 그나마 설아와 대화를 하고 나니 그 전보다 편안해지는 느낌이 들었다.

동안은 환골탈태라는 단어를 곱씹었다. 앞으로 지니에게 소원을 빌게 된다면, 그 단어를 꼭 기억하리라 다짐하면서.

15

동안이 강미애의 전화를 받은 건 자정 무렵이었다. 별다른 연락도 없이 집에 오지 않는 강미애를 기다리며 『허클베리 핀의 모험』을 읽는 중이었다. 강미애의 휴대폰 번호로 걸려온 전화였는데, 강미애가 아닌 낯선 남자의 목소리가 튀어나왔다.

"이 핸드폰 주인 아들 되시죠?"

남자 목소리에 바짝 긴장한 동안이 되물었다.

"누구시죠?"

"대리기사입니다. 여기 주차장인데요."

동안이 주차장으로 내려갔을 때 강미애의 차가 후진하여

주차되고 있었다.

대리기사로 보이는 남자가 운전석에서 내려 회사 승합차로 갈아타는 사이 보조석에서 내리는 남자가 있었다. 낯선 남자는 뒷문을 열어 강미애를 건드렸다. 놀란 동안이 달려가 남자의 손을 뿌리치며 강미애를 들여다보았다. 강미애는 취해서 젖은 머리카락처럼 축 늘어져 있었다. 강미애가 술 먹는 걸한 번도 본 적 없었던 동안에게는 말도 안 되는 상황이었다.

동안이 남자를 쳐다보며 따지듯 말했다.

"우리 엄마 술 못 마시는데 왜 이 지경이 된 거죠?"

남자는 선뜻 대답하지 못했다.

"그것보다, 아저씨 누구세요?"

그는 대답을 못 한 채 모든 것이 자신의 탓이라는 듯 반성하는 자세로 서 있었다. 그런 남자의 얼굴을 한참 들여다보던 동안은 이상하게 아는 얼굴임을 직감했는데, 명확히 떠오르지 않았다. 분명 어디서 본 얼굴 같았다. 남자도 술에 취한 듯 얼굴이 불콰하게 물들어 있었다. 그의 정체를 파악하는 것보다 강미애를 집으로 옮기는 것이 급선무였다. 동안은 강미애를 둘러업고 집으로 향했다.

강미애를 안방 침대에 눕히고 나오는데 동안의 머릿속에 번뜩 떠오르는 얼굴이 있었다. 동안은 휴대폰 앱을 실행했다. 밤마다 동안이 조회 수를 높여주었던 재미없는 웹툰의 저자 윤지태의 사진이 떴다. 사진 속의 윤지태가 아까 강미애와 함께 왔던 남자의 얼굴에 비하면 상당히 어려 보이긴 하지만 동일인이라는 걸 못 알아볼 정도는 아니었다.

강미애가 왜 윤지태와 함께 있었을까. 심지어 술도 못 먹는 강미애가 취해서 몸을 못 가눌 정도로 마음을 놓고 있었다면 대외적인 관계가 있었다고 해도 지나친 친분임이 틀림없었다. 윤지태는 설아의 아빠가 아니던가. 동안의 머릿속에는 설아가 했던 말들이 꼬리를 물고 날아다녔다. 애인이 생긴 것 같다느니, 낮에 외출을 한다느니, 많이 웃는다느니 했던 말들.

윤지태의 최근작들도 떠올랐다. 주로 반려견이나 아이들에 관한 이야기를 쓰던 양반이 요즘 부쩍 사랑 타령을 하긴 했었다. 설아의 추측이 옳았고 윤지태의 최근작들이 그 심적 증거라면, 그렇다면 취한 강미애와 윤지태의 동행을 목격한 결과…… 설마, 동안은 고개를 거세게 흔들었다.

16

설아는 여전히 아침 일찍부터 교실에 앉아 있었다. 반갑게 인사하는 설아를 가만히 쳐다보던 동안은 설아를 데리고 나와 설아가 좋아하는 벤치에 앉았다.

"왜? 뭐 할 말 있어?"

설아가 묻는데 동안은 선뜻 입을 열지 못하고 한숨만 쉬었다.

"뭐 마실래? 커피나 우유나 뭐 사 올까?"

"아니. 난 아침 먹었어. 근데 무슨 일이야? 빨리 말해봐."

설아의 재촉에 동안은 잠깐 생각을 정리하다가 평소처럼 물었다.

"너희 아빠 연애하는 거 맞대?"

"그거 물어보려고 이렇게 분위기를 잡은 거야? 별일이네."

"아니 뭐 꼭 그런 건 아니고. 방금 생각이 나서."

"글쎄, 어젠 말이야. 아빠가 술에 잔뜩 취해서 들어온 거 있지. 아빠가 담배에는 절어 사는데 술은 안 마셨거든. 술 좋아했던 엄마한테 질려서 안 마신대. 근데 어젠 취해서 들어왔다니까. 조만간 기회를 잡아서 물어봐야겠어. 궁금해서 원."

동안은 천진난만하게 말하는 설아의 얼굴을 쳐다보다가 설아를 쳐다보고 있는 자신의 표정이 너무 슬퍼 보이지 않을까 문득 걱정되었다.

"왜 똥 씹은 표정이야?"

슬퍼 보이진 않았나 보다.

"그런 표정 아니거든? 야, 근데 너희 아빠 몇 살이야?"

"마흔한 살. 그것보단 좀 들어 보이긴 하지. 그건 왜?"

동안은 고개를 끄덕이며 잠자코 설아의 말을 듣다가 마흔한 살이라는 말에 정신이 퍼뜩 들었다.

"뭐? 마흔하나? 연하라고?"

설아는 이해할 수 없는 동안의 반응에 미간을 찌푸리며 물었다.

"너 왜 그래? 우리 아빠 나이가 무슨 문제라도 있어?"

"아, 아니. 인터넷으로 봤을 땐 좀 더 들어 보여서……."

설아가 재미있다는 듯 깔깔대고 웃었다.

"나도 알아. 우리 엄마도 그게 참 불만이었대."

동안은 웃는 설아를 바라보며 생각했다. 강미애가 마흔다섯이니까 윤지태가 마흔하나면 네 살이나 어린 연하다. 마주공이 살아있다면 쉰하나일 테니까 윤지태는 죽은 마동안보다 딱 열 살 어리다. 강미애 같은 여자가 마주공 같은 남자와 결혼한 것도 미스터리였지만, 윤지태를 만나는 것도 이해할 수 없기는 마찬가지였다. 적어도 그간 설아에게 들은 정보만으로는 강미애가 좋아할 만한 구석이 전혀 없는 약하고 부정적이고 비생산적인 그런 부류였다.

언젠가 동안이 강미애에게 왜 하필 마주공과 결혼했냐고 물어보았을 때 강미애는 이렇게 말했다.

"외할아버지가 일찍 돌아가셨잖아. 그런 품이 그리웠는데, 그때 네 아빠는 듬직하고 품이 큰 남자 같았어. 평생 기대고 살 수 있을 것 같았거든."

이 말을 떠올리니 더욱 이해가 가지 않았다. 강미애는 어린 애같이 철없는 남자에게 마음을 빼앗길 사람이 아니었다. 어쩌면 그날의 일은 단지 우연이었고 지금 동안이 의심하고 있는 모든 것은 말 그대로 추측일 뿐일지도 모른다고 생각했다. 근거라고는 하나도 없는. 그렇게 생각하자 왠지 기분이 나아졌다.

"다음 주 주말에 뭐해?"

생각에 잠겨 있는 동안의 어깨를 슬쩍 밀며 설아가 물었다.

"주말? 글쎄. 중간고사도 끝났고 부단이랑 게임방에서 오버워치나 뜨고 있을 듯."

"그럼 토요일에 우리 집에 올래?"

동안이 눈을 동그랗게 뜨고 상체를 뒤로 빼자 설아가 박장 대소하며 동안의 팔을 마구 때렸다.

"무슨 생각하는 거야. 그날 내 생일이거든. 부단이랑 같이 와."

17

설아 생일 파티가 있는 토요일이었다. 부단이가 늦어진다는 연락을 받은 동안은 설아네 아파트 놀이터에서 혼자 시간을 때우는 중이었다.

설아의 생일 선물로 휴대폰 케이스를 샀다. 케이스가 너덜너덜해질 때까지 신경 쓰지 않고 사용하는 설아는 생각보다 털털한 성격이었다. 선물을 고르는 일은 늘 까다롭고 힘들었다. 설아에게 줄 생각을 하면 더 그랬다. 설아가 쓰고 있던 케이스와 가장 비슷한 거로 샀다. 설령 마음에 들지 않아도 기쁘게 받아줄 설아였다.

설아가 놀이터로 내려왔다. 동안은 멀쩡한 벤치를 놔두고 미끄럼틀 입구에 앉아 있었다. 설아는 멀쩡한 벤치를 놔두고 동안의 옆에 비집고 앉았다. 동안은 부단이에게 보낼 메시지를 찍는 중이었다. 설아는 초콜릿 맛 막대 사탕 껍데기를 까기 시작했다.

"근데, 넌 사탕 중독이야? 애처럼 맨날 막대 사탕을."

설아는 깔끔하게 깐 막대 사탕을 동안의 입안에 밀어 넣으며 말했다.

"이거 우리 엄마가 만들어서 보내는 거야. 비싼 수제 사탕이라고."

"엄마가? 엄마들은 사탕 못 먹게 하지 않나?"

"어린 딸을 버린 죄책감 같은 거라고 생각해. 그리고 이건 유기농에 비건 사탕이야. 이제 습관이 돼서 없으면 좀 불안하기도 하고, 이걸 먹은 만큼 엄마를 미워했던 마음이 조금씩 녹아 없어지는 느낌이 들어."

설아도 미워하는 사람이 있었구나, 생각하던 그때 딸기 맛을 까던 설아가 갑자기 동안의 품으로 머리를 들이밀었다. 동안은 휴대폰을 든 상태로 팔을 앞으로 쭉 뻗은 채 망부석이 되었다.

"왜, 왜 이래."

"쉿. 잠깐. 아빠야."

아빠라는 말에 동안의 상체 역시 자동으로 숙여졌다. 동안의 얼굴이 설아의 머리카락에 닿았다. 깨끗한 냄새가 났다. 그 와중에 잠깐 고개를 들어 설아의 집 쪽을 쳐다보던 동안은 점점 상체를 곧추세웠다. 본능적으로 감지한 느낌은 불안이었다.

누군가를 기다리는 듯한 윤지태 앞에 까만 차 한 대가 섰다. 운전석에서 내린 건 다름 아닌 강미애였다. 강미애는 자연스럽게 조수석 쪽으로 가고 윤지태가 조수석 문을 열어주었다. 운전석에 오른 윤지태는 강미애의 안전띠까지 매어주었다. 설아가 강미애를 알 턱이 없었지만, 그 모든 장면을 설아도 보고 있었다.

"드디어 현장을 잡았어!"

설아가 소리쳤다.

"딸내미 생파라고 자리 비켜주는 줄 알았더니만 데이트가 있었군. 아빠 애인 진짜 예쁘다 그치?"

동안은 강미애의 차가 아파트 단지 밖으로 빠져나가는 장면을 하염없이 지켜보았다.

생일파티 내내 동안은 심각했다. 설아의 친구 여러 명이 생일파티에 참석했고 설아의 친구들 모두 설아만큼은 아니지만 친절하고 명랑했다. 부단이는 눈치 없이 신이 났고 내내 노래를 불렀다. 여자아이들을 의식할 법도 한데, 부단이는 꿋꿋하게 트로트를 불렀다. 부단의 노래를 유일하게 경청하는 건 설아의 단짝, 고은밖에 없었다. 두 사람은 처음 만난 사이인데도 급속도로 친해졌다. 자라온 환경도 완전히 다르고 취미나 취향도 전혀 다른데 신기할 정도로 가까워졌다.

설아는 자신의 생일파티임에도 어쩐지 마음 편히 즐길 수가 없었는데, 동안의 표정이 심상치 않았기 때문이었다. 동안의 심적 변화를 알아차린 건 설아밖에 없었다. 설아는 아까 놀이터에서부터 동안이 어딘가 이상해졌다는 걸 느끼고 있었다. 설아는 동안이 신경 쓰였고 동안은 아까 본 장면이 신경 쓰였다.

18

밤새 고민과 불면에 시달린 동안은 다음 날 아침 설아를 놀이터로 불러냈다. 설아는 이미 고은과 약속이 있는 상태였지만, 밤새 동안을 걱정했었기에 먼저 만나야 한다고 생각했다. 고은에게 이러한 사정을 카톡으로 보내며 놀이터로 향했다.

"너, 괜찮아?"

설아는 동안을 발견하자마자 안부부터 물었다. 동안의 안색은 여전히 좋지 않았다. 심지어 동안은 설아를 슬픈 눈으로 쳐다보고 있었다.

"왜 그래 응?"

"설아야."

"어."

"나 지니한테 빌고 싶은 소원이 생겼어."

"아…… 그래서 기분이 그랬구나. 누군가가 불행해질 테니까, 그래서 맘이 좋지 않은 거야?"

"……."

"그 소원을 빌면 너는 행복해지니?"

"모르겠어."

"음…… 네가 행복해지는 게 확실하지 않으면 빌지 않는 게 좋지 않을까? 누군가가 불행해지는 건 확실한 거니까."

동안은 머릿속이 복잡해졌다. 그 소원이 자신을 행복하게 해 줄지 확신할 수 없는 건, 옆에 있는 설아와의 관계가 모호하기 때문이었다. 확인이 필요했다. 동안은 용기를 내었다.

"설아야."

"응?"

"우리…… 썸이야?"

"그걸 몰랐어?"

설아의 말 덕분에 동안은 확신이 생겼다. 역시 소원을 빌어야겠다고 생각하는 찰나, 그들의 뒤에서 똑 부러지는 목소리가 들렸다.

"이게 다 무슨 소리지?"

고은이었다.

동안은 방금 나왔던 '썸'이라는 단어에 대해 해명하려고 애썼고, 그런 동안이 사랑스러운 설아는 웃기만 했다. 그러나

열일곱의 사랑이 비극이라니

고은은 두 사람의 썸 따위에 관심 없었다.

"그건 두 분이 알아서 하시고. 소원이니 불행이니 그게 다 무슨 소리냐는 거지. 뭐야, 무슨 작당을 하는 거야?"

동안과 설아가 난처한 얼굴로 마주보며 시간을 끌었지만, 그들은 일찌감치 망했다는 걸 알고 있었다. 고은의 추측이나 예감이나 호기심 같은 걸 당해낼 사람이 없다는 건 그녀를 아는 누구나 인정하는 사실이었다.

고은에게 적당함이란 없었고 그녀는 쉽게 설득당하지 않았으며 인간의 표정과 눈빛을 너무나 잘 읽는 아이였다. 셜록 홈스에 대적할 만한 추리력을 장착한 고은의 두뇌는 이미 교내에서 혀를 내두를 정도였다. 그뿐만 아니라 네이트판 십 대 사이에서는 프로파일러 표창원이나 이수정보다 유명한 고은이었다. 그런 그녀가 나타나 동안과 설아의 은밀한 얘기를 다 들은 모양이니, 확실히 망했다. 이제부터 매일 고은에게 추궁당할 것이고 밤낮 협박에 가까운 설득과 쏟아지는 추리를 감당할 수 없을 거라고 판단한 설아는 동안에게 어찌할 수 없는 상황임을 알렸다.

"차라리 고은 양에게 도움을 청하는 것도 방법일 수 있어."

동안은 설아의 말을 이해하면서 한숨을 쉬었다. 눈앞에 증거럽시고 내밀 수도 없는 지니의 존재를 고은은 어떻게 받아들일지 알 수 없어서였다. 동안의 눈치를 살피던 설아가 동안에게 들은 지니에 관해 털어놓았다. 알 없는 안경 너머 고은의 눈이 점점 커지기 시작했고 놀랍게도 고은은 그 전부를 믿는 것처럼 보였다.

"세상에는 믿을 수 없는 일들이 매일 일어나. 이해하기 힘든 신비한 일들이 벌어지면 그걸 과학적으로 밝히려고 애쓰는데, 사실 우주가 인간의 영역만은 아니지. 과학적으로 증명할 수 있는 일에도 한계가 있다는 말이야. 근데, 인간의 영역이 아니라는 것 또한 밝힐 필요가 있어. 고작 실험 하나 해 놓고 완벽하게 믿는 동안 군. 비씨맨보다 더 확실한 소원을 한번 빌어보지그래?"

"확실한 소원이라면 어떤 거?"

"세계의 안녕을 위한 소원. 이를테면, 아프간 무장단체 탈레반을 소멸한다든가, 북극의 빙하를 다시 거대하게 얼린다든가, 뭐 그런."

설아가 껄껄 웃으며 기가 찬 듯 말했다.

"고은 양도 이제 은퇴할 때가 되었어. 탈레반이 사라지면 불행해질 사람이 어딨니? 북극의 빙하가 복원된다고 해서 불행해질 사람이 있을까? 누군가 불행해져야 한다는 게 관건인데."

고은은 가소롭다는 표정을 지었다.

"설아 양. 자주 느끼는 거지만, 널 보면 전교 일등 해서 뭐 하겠나 싶어. 악이 사라진다고 불행해질 사람이 없을 것 같아? 훼손된 자연을 복구한다고 한들 모두 행복하다고 생각할 것 같아? 어디서든 어떤 이유에서든 불행한 사람은 생기게 마련이야."

두 사람의 냉기 사이로 동안이 끼어들었다.

"일단 세계의 안녕을 위한 소원을 비는 건 찬성이야. 결과가 나오면 지니의 힘을 믿을 수 있을 것 같기도 하고. 음……

탈레반 쪽을 한번 시도해 볼게. 빙하도 좋지만, 탈레반 소탕에 어떤 창의력이 나올지 궁금해."

19

그날 밤, 동안은 지니를 불러냈다.

"드디어 다음 소원?"

"응."

"누가 불행해졌으면 좋겠는데?"

"하이바툴라 아쿤드자다."

"뭐? 그게 누군데?"

"이슬람 무장조직 탈레반의 최고 지도자."

지니는 한숨을 내쉬었다. 도대체 왜 이러는지 모르겠다는 표정이다.

"마동안. 네 의도는 충분히 알겠는데, 그런다고 탈레반이 사라질까? 이슬람이 없어질까? 바라다르는 아쿤드자다와 거의 동급이라고. 악당 한 사람이 불행해진다고 지구에 평화가 오진 않아."

"시도는 해보는 거지."

"방법은 생각해 봤고?"

"네가 할 일이잖아. 그 방법까지 내가 찾아야 한다는 건 약정에 없었어."

지니의 모래알 같은 눈이 자갈만큼 커졌다. 지금까지 약정 내용을 아는 사람은 아무도 없었고 더구나 동안이 그걸 기억할 거라고는 생각하지 못했던 것이다. 사실, 한 사람을 타깃으로 원하는 불행만 접수하면 수단과 방법을 기획하는 건 지니의 업무였다. 생각보다 똑똑하고 치밀한 동안을 쳐다보며 지니는 앞으로 남은 소원이 과도한 업무가 될 것 같아 내심 걱정마저 되었다. 한편으로는 개인을 위한 소원이 아닌 게 아쉽기도 했다. 아직 어려서 그런가?

솔직히 동안은 그냥 던져본 말이었다. 약정 따위를 기억하는 사람이 어디 있단 말인가. 휴대폰을 개통할 때, 홈피 가입할 때, 보험 들 때, 도대체 어느 누가 약정 따위를 꼼꼼히 읽고 기억씩이나 한다고. 밑져야 본전으로 툭 던진 말을 저 자그마한 녀석이 덥석 물어 놀란 복어 꼴을 하고 있으니 동안은 사람이 어떻게 살아야 하는지 힌트 하나를 얻은 것 같았다.

"자, 그럼 소원을 빌게. 하이바툴라 아쿤드자다가 불행하게 해 줘. 창의적으로. 우리-두, 지니."

며칠 야근을 해야 할 것 같은 지니는 불만 가득한 표정으로 말했다.

"나 들어갈래."

"응. 꺼져."

20

설아와 고은까지 지니의 존재를 알고 있는 마당에 가장 친한 친구인 부단에게 비밀로 하는 것이 좀 찝찝했던 동안은 부단에게도 사실을 알리기로 했다. 믿거나 말거나 부단의 몫이었다.

일요일 오전, 동안은 예고 없이 부단의 집에 찾아갔다. 부단은 무선 마이크를 들고 노래 연습에 빠져 있었다. 초인종도 없는 철제 대문이 삐거덕 열리고 마루 앞 낡은 문틀이 삐거덕 소리를 내어도 트로트 삼매경이었다.

"야. 왕부단. 왜 전화를 안 받냐?"

마루에 올라서며 동안이 말했다.

"왔어? 보시다시피 트레이닝 중이고 핸드폰은 하나라서."

"밥은?"

"아직. 라면 먹을래?"

점심때가 한참 지났는데, 부단은 밥도 안 먹고 노래만 부른 모양이었다. 동안은 밥을 먹고 나왔지만 부단이 끓여주는 라면을 함께 먹기로 했다. 밥이든 라면이든 혼자 먹는 건 별로니까.

동그란 양은 밥상을 오래간만에 보는 동안은 인제 보니 집 안 곳곳 할머니의 흔적이 고스란히 남아있다는 걸 깨달았다. 아무것도 버리지 않았고 어떤 것도 바꾸지 않았다. 이렇게 살아도 되는 걸까, 잠깐 그런 생각을 하며 동안은 젓가락을 들었다. 할머니도 없는데 김치는 어디서 났을까? 묻지 말아야지. 아무리 절친이라도 먼저 꺼내기 어려운 말은 늘 있는 법. 강미애가 차려준 카레라이스를 배불리 먹고 왔으나 라면은 얼마든지 들어갔고 배가 부르건 고프건 라면은 늘 맛있었다.

국물까지 싹 다 비운 두 사람은 바닥에 드러누웠다.

"내가 성인이 될 때까지는 이대로 유지하려고. 거의 골동품 수준인 가구들. 재활용도 안 되는 옷이나 생필품들. 할머니가 잠깐 시장에 간 것 같은 느낌이거든."

천장을 바라보고 누운 부단이 난데없이 말했다. 집안을 둘러보는 동안의 표정을 읽은 것 같았다. 그래서 동안도 마주공 얘기를 했다.

"우리 엄마는 아빠가 죽고 나서 아빠의 모든 걸 버렸어. 골동품 수준이 아니라 진짜 골동품이었던 물건들도 싹 다. 좋은 기억이었던 사람은 죽어도 오래 남고 나쁜 기억이었던 사람은 흔적마저 바로 처분되나 봐. 엄마가 지니까지 버릴까 걱정돼서 꼭꼭 숨겨놓고 다녔어."

"지니?"

자연스럽게 지니를 언급한 동안은 일어나 양반다리를 하고 앉았고 부단은 오른손으로 귀밑을 괴고 동안을 올려다보았다. 동안은 지니에 대해, 설아와 고은의 반응까지 모두 부단에게 고백했다. 부단은 양손을 배 위에 올리고 반듯하게 누웠다. 별다른 반응이 없어서 동안은 살짝 당황했다.

"안 믿는 거지?"

"믿어. 넌 싱거운 애가 아니니까. 정신병이 있는 것도 아니고."

"근데 반응이 왜 이래?"

"그냥."

"그냥 뭐."

"지니가 나한테 왔더라면 할머니를 살릴 수 있지 않았을까 싶어서."

동안은 할 말이 없었다. 그런 생각을 할 줄은 몰랐다. 무슨 말을 해 줘야 할지 모르겠고 지금 미안해 해야 하는 건지도 모르겠다. 할머니가 돌아가시기 전에 지니가 왔더라면, 동안도 당연히 할머니를 살릴 수 있는 소원을 빌었을 것이다. 할머니한테 폐렴이 왔을 때, 폐렴에 걸려도 기어이 담배를 입에 물었을 때, 혼수상태였을 때, 지니가 있었더라면 기회는 많았다. 물론 할머니를 살리기 위해서 누가 불행해질지 고민했겠지만, 불행해지는 사람이 부단은 아니었기 때문에 기필코 그 소원은 빌었을 것 같았다. 어쩌면 부단은 지니 이야기를 들은 후 그런 순간들, 할머니를 살릴 수 있었을 순간들을 생각하는 모양이었다. 부단에게 아직도 할머니의 존재가 커다랗다는 걸 느낀 동안은 이 집에 올 때마다 풍기는 낡고 어색한 체취가 부단에겐 그리움이겠구나 생각했다.

"그래서? 세계 안녕을 위한 소원은 빌었어?"

"응."

"결과는 언제 알 수 있는데?"

"글쎄. 그게 소원에 따라서 다른 것 같아."

비씨맨은 하루만에 그 꼴이 되었고 마주공이 죽은 건 한 달이나 걸렸으니, 세 번째 소원은 좀 더 걸릴 거라고 동안은 생각했다. 마주공 생각은 안 하고 싶지만 지니 얘기가 나오면 늘 죄책감이 꿈틀거린다. 동안은 부디 그 사건만은 우연이었기를 바라왔다. 자신에게 면죄부를 주려는 부질없는 생각들이었다.

21

한동안 동안에게 소홀했던 게 마음에 걸렸는지, 강미애가 외식을 제안했다. 톡에 이모티콘을 남발하는 강미애가 동안은 못마땅했다. 요즘 강미애는 안 부리던 애교를 그런 식으로 연습하고 있었다. 별의별 유치한 이모티콘을 사서 동안에게 전송하는 식이었다. 그때마다 동안은 속으로 윤지태를 씹었다. 강미애가 밝아지는 건 당연히 좋고 연애하는 것도 찬성하는데, 그 상대가 윤지태라는 것이 유일한 불만인 동안은 윤지태를 떠올리며 중얼거렸다.

'설아가 썸을 인정한 이상 당신은 이제 끝이야.'

요리에 소질이 없었던 강미애는 동안이 어릴 때부터 외식을 자주 했다. 남편은 먼 타지에 나가 있고 본인은 요리를 못하고 아들은 불만 없이 아무거나 잘 먹으니까 문제될 게 없었다. 동안은 집에서 강미애와 둘이 하는 식사보다 모르는 사람들과 함께 먹는 외식이 좋았다. 자주 혼자이거나 둘 이상은 아니었던 강미애가 집 밖으로 나가는 게 좋았던 것이다. 동안은 강미애가 링크를 보낸 초밥집으로 향했다.

이제 겨우 초저녁인데도 대기하는 손님들이 다섯 팀은 족히 되는 것 같았다. 음식점에서 줄 서는 건 딱 질색인 동안은 그냥 포장해서 집에 가서 먹자고 말했다. 강미애는 오늘따라 그러고 싶지 않았지만, 동안의 말에 따르기로 하고 대기표를 구겨버렸다. 요즘 강미애는 뭘 해도 기분이 좋은 것 같았다.

모듬 초밥 2인분을 포장해서 집으로 향했다. 걷는 내내 강미애는 허밍을 하거나 수다를 떨었다. 평소 그렇게 활발한 성격은 아닌데 기분이 아주 좋으면 말이 많아지는 강미애였다. 길거리에서 쉬지 않고 떠들어대는 강미애를 동안은 견디기 힘들었다. 모르는 줄 알겠지만, 동안은 알고 있었다. 지금 이 수다를 끌어낸 인간이 설아의 아빠라는 걸 곱씹으며 조금 덥다는 생각, 곧 여름이 오겠다는 생각을 했다.

거실 테이블에 포장해 온 초밥과 새우튀김을 펼쳐 놓은 강미애는 냉장고에서 맥주 하나를 가지고 왔다.

"술 마시게? 전혀 못 마시던 사람이 요즘 왜 그래, 진짜."

"에이. 맥주 하난데 뭐. 주부한테도 주말은 소중한 거야."

동안은 인상을 찌푸리며 티브이를 틀었다. 이런 기분에 적막은 최악이었다. 강미애가 최대한 수다를 만들어낼 수 없을 만한 프로그램을 찾아 재빠르게 채널을 돌렸다.

그때 눈에 들어온 뉴스 속보.

동안은 리모컨을 던지듯 내려놓고 현관을 향해 내달렸다.

"어디가? 밥 안 먹어?"

강미애가 소리쳤지만, 동안은 마음이 급했다.

22

동안은 설아네 집 놀이터를 향해 뛰었다. 설아한테서, 고은한테서, 부단한테서 전화가 빗발쳤다. 단톡방은 이미 난리가 났다. 동안은 일단 설아네 집 놀이터로 가고 있다고, 빨리 뛰어오라고 단톡을 남겼다.

허겁지겁 도착한 건 동안뿐만이 아니었다. 고은은 머리카락을 말리지도 않은 채로 마치 욕조에서 바로 빠져나온 사람 같은 몰골로 나왔고, 부단은 좌우 색깔이 다른 삼선 슬리퍼를 신고 나왔다. 친구들이 모일 때까지 발을 동동거리며 기다린 설아도 아직 이른 반바지 차림이었다.

"봤어?"

"봤지."

"대박."

"완전 대박."

고은이 휴대폰으로 뉴스를 틀었다. 모든 방송에서 속보를 전하고 있었다.

탈레반의 행보가 이상합니다. 광신도들이 총을 버리고 십자가를 듭니다. 그들은 자신의 죄를 사하여 달라고 기도하며 울부짖습니다. "우리에게 죄지은 자를 사하여 준 것 같이 우리 죄를 사하여 주시옵고……" 탈레반의 이인자라 알려진 바라다르는 신의 계시를 받았다고 밝혔습니다. "평화가 너희와 함께 할 것이다!" 이는 이슬람의 창시자인 무함마드가 천사 지브릴의 계시를 받았다고 주장한 것과 비슷한데요. 이슬람 광신도들 대부분이 그를 따르고 있습니다. 하루아침에 이런 일이 일어날 수 있을까요? 다만, 최고 지도자인 아쿤드자다만이 이 모든 상황을 받아들이지 못하고 있는 것으로 알려졌습니다.

유튜브 개인 채널에서도 벌써 소식들이 쏟아져 나오고 있었다.

신의 계시를 받았다고 주장하는 바라다르와 이슬람 극단주의자였던 탈레반원들이 회계하는 모습이에요. 이것이 진정 실화일까요? 말이 됩니까? 바라다르는 아쿤드자다가 자신의 교리를 따를 것을 설교하는 중이라고 합니다. 그는 아프간 난민들의 회생을 돕겠다고 약속했다는데, 누가 믿겠어요? 유일하게 아쿤드자다만이 극단주의를 벗지 못하고 있다고요? 이게 사실이라면 얘는 세계적 왕따 되는 거죠.

생리대 광고가 나오는데도 고은은 스킵하지 않았고 모두 휴대폰 화면에서 눈을 떼지 않았다. 아무도 말이 없었다. 이게 정말 사실일까. 잘못된 정보나 소문에 불과하다면 저런 속보들을 주요 방송사에서 다루지 않을 것이다. 우리나라만이 아니었다. CNN, BBC 할 것 없이 세계 각국에서 앞다투어 속보로 보도하고 있었다. 이 말도 안 되는 상황을 설명할 길은 지니밖에 없었다.

"일단 마동안. 너 빨리 지니한테 가서 확인해 봐. 지니가 한 일이라면 너 진짜 대박 터진 거야."

고은의 말에 설아가 끼어들었다.

"우리 왜 모인 거니? 지니는 동안이 집에 있는데."

네 사람은 바보 같은 표정으로 서로의 얼굴을 쳐다보았다. 부단이 동안을 떠밀며 말했다.

"빨리 가. 확인하고 바로 단톡에 올려. 궁금해 미칠 지도 모르니까."

동안은 고개를 끄덕인 후 날래게 뛰기 시작했다.

"너야?"

지니는 배를 잡고 책상 위를 데구루루 굴렀다.

"너냐고! 아니야?"

"내가 아니면 그런 일이 일어나겠어? 며칠이나 머리를 짜 낸 줄 알아? 완전 퍼펙트 하지? 내가 생각해도 너무 기발해."

동안은 바로 단톡을 올렸다.

–지니짓맞음.

그리고 지니에게 궁금한 것들을 물었다.

"아쿤드자다는 어떻게 되는 거야?"

"암살의 표적이 되거나 자살하겠지."

"폭력은 원치 않아. 죽음이 불행은 아니잖아."

"선비 같은 소리 하네. 그럼 네가 직접 방법을 구상해보지 그랬어? 그가 불행해지는 길이 뭐가 있을 것 같아?"

단톡은 다시 난리가 났다.

－지니 정말 만나고 싶다

－결과가 어떻게 되는 거야?

－이제 함부로 소원 빌지 마

23

동안은 고민이 더 깊어졌다. 지니가 무슨 소원이든 들어준다는 걸 믿게 되어서, 지금 마음속에서 깊이 자라고 있는 소원 하나가 자꾸 심장을 찔렀다. 지금까지는 자신의 행복을 위한 소원을 빌지는 않았다. 이제는, 네 번째 정도는 자신을 위해 욕심내도 되지 않을까 생각하면서도, 소원을 빌면서 불행을 바래야 하는 대상이 다름 아닌 강미애라는 사실이 욕심을 자꾸 작아지게 만들었다.

고작 사귀는 남자와 헤어지는 게 큰 불행일까? 이별을 많이 해봤으니까 그렇게 힘들지 않겠지?

강미애는 지금 분명 행복해 보였다. 아마 설아의 아빠 윤지태도 마찬가지일 것이다. 그런데 정작 자신은 불안하고 불행한 것 같이 느껴졌고 앞으로 더 불행해질 것 같은 예감이 들었다. 설아는 이 사실도 모른 채 아빠가 연애한다는 사실에만 기뻐 날뛰었다. 썸이라고 인정한 설아의 한마디가 자꾸만 떠올랐다. 썸에서 사랑으로 성장하는 것, 첫사랑이 비로소 이루어지는 것, 이게 바로 눈앞에 닥친 행복의 씨앗이었다. 그러나 그와 동시에 불행의 씨앗도 커지고 있다는 게 문제였다. 지니를 불러내어 말만 하면 되는데, 단 몇 초면 되는데. 극의 운명 앞에 놓인 동안은 몹시 괴로웠다.

불안이 최고조에 달한 건 며칠 전이었다. 설아가 윤지태로부터 선물 받은 목걸이를 자랑하면서 동안의 고민은 극심해졌다.

"나 아빠한테 이런 선물 처음 받는다? 사랑하면 진짜 사람이 변하는 것 같아."

그건 강미애가 동안에게 자랑했던 목걸이와 똑같았다. 강미애는 백화점에서 쇼핑했다고만 말했다. 같은 선물을 사서 각각 다른 여자에게 선물하는 세상 멍청하고 게으른 남자가 드라마에서만 있는 줄 알았다. 동안은 강미애의 목에서 반짝이던 목걸이가 설아의 목에서 반짝이고 있는 것을 본 순간,

결심했다. 이대로 두면 안 된다. 운명은 개척하는 것이고 기회는 잡는 자의 것이다.

동안은 지니를 소환했다.

24

불려 나온 지니는 동안의 표정에서 심각한 낌새를 알아챘다. 드디어 아주 중요한 소원을 빌겠구나 예상했다. 지니는 길게 뜸들이는 동안을 기다려 주었다. 이건 사실 갈등하지 않는 사람이 이상한 일이니까.

한두 번 겪은 게 아니었다. 인간들은 다른 사람의 불행을 빌면서 많은 갈등과 고민을 했고 소원이 이뤄지고 난 뒤엔 후회하거나 화를 내기도 했다. 그럼에도 불구하고 그들은 다음 소원을 빌었다. 다른 사람의 불행을, 그로 인해 얻게 될 자신의 행복을. 어쨌든 시간이 오래 걸리더라도 기다려 주어야 한다는 걸 지니는 알고 있었다. 지니도 썩 유쾌한 건 아니었다. 행복을 들어줄 수 있었을 때가 좋았다. 그때 사람들의 표정은 한결같이 들뜨고 신나 보였다. 지금 동안이 짓는 표정, 이런 얼굴을 보는 건 지니도 즐겁지 않은 일이었다.

"넌 왜 나한테 왔어?"

동안이 대뜸 물었다.

"운명이니까."

지니는 그렇게 대답한 후 한숨을 쉬었다.

"난 설아가 좋아."

"나도 알아."

"많이 좋아."

"안다고."

"그래서 힘들어."

"그런 것 같아."

"엄마랑 설아 아빠가 많이 사랑하고 있을까?"

"그건 내가 모르지."

"두 사람이 헤어졌으면 좋겠어."

"그런 식의 소원은 곤란해. 불행의 타깃은 한 사람이어야 해."

"그런다고 한쪽만 힘든 건 아닐 텐데?"

"불행이든 행복이든 더 크게 느끼는 쪽이 있는 거야. 그 타깃을 잘못 잡았더라도 어쩔 수 없어. 결과가 두 사람 다 불행해지더라도 소원을 빌 때는 한 사람만 타깃으로 잡아야 해. 규정이 그러니까."

"어느 쪽이 엄마가 덜 힘들까? 아무래도 차는 게 차이는 것보다 낫겠지?"

"마동안. 나는 소원에 훈수를 둘 수가 없어. 오로지 너의 몫이야."

동안은 지니한테 정나미가 뚝 떨어질 것 같았다. 누군가 불행해지는 소원을 들어주긴 하는데 조언을 해주지도 훈수를 두지도 않겠다는 건 상당히 비겁해 보였다. 결과가 어찌 되든 선택한 자의 책임으로 돌리려는 수작. 동기도 부여했고 선택의 판도 깔아 주었지만 어떤 결과가 나오든 일말의 책임도 지지 않으려는 비열함이 순진무구한 분홍에서 뿜어져 나왔다. 지니가 분홍이 아니라 검정이었다면 죄책감 없이 손바닥으로 꾹 눌러버렸을지도 모른다. 색채와 크기는 사람의 환희나 분노를 조정하는 심리적 장치같기도 하다. 행복을 들어줄 때는 거대했던 지니가 불행을 들어줘야 하는 상황에서는 저 모양 저 꼴이 되어버린 게 우연은 아니지 않을까, 동안은 생각했다.

인생에서 어떤 선택을 하든 자신의 몫이라는 걸 동안도 모르지 않았다. 그러나 누구에게든 현명한 선택을 할 수 있도록 손 내밀 조력자는 필요했다. 세상 억울한 열일곱이라는 나이는 촉법소년에도 성인에도 끼지 않는 법적으로 애매한 나이였고, 어디에서는 어른 비슷하게 대하면서 또 어디에서는 애

취급이나 당하는 인간 관계적으로도 불안한 존재였다.

분명한 건, 세간의 기준이 어떻든 열일곱은 충분히 지각하고 올바르게 판단할 수 있는 나이라는 것이다. 때로 뭔가를 잘못 선택하면 '실수'라는 말 대신 '미성숙' 따위의 낙인을 찍기도 하지만 미성숙이 반드시 10대에만 해당하는 건 아니다. 그것은 나이와 상관없이 개개인 모두에게 주어져야 하는 잣대다. 동안은 지금 하려고 하는 선택이 훗날 실수라든지 미성숙이라는 단어로 규정되지 않도록, 죄책감이나 후회가 자신을 옥죄지 않도록 고민을 거듭했다.

마침내 결심이 선 동안이 말했다.

"지니. 세 번째 소원을 빌게…… 윤지태가 불행해졌으면 좋겠어. 우리-두, 지니."

3부

행복과 불행의 상관관계

25

일요일 아침. 동안은 평소보다 일찍 일어났다. 설아와 처음으로 영화를 보기로 한 날이었다. 그것도 단둘이! 그래서인지 평소 같지 않은 가뿐한 기상이었다. 동안은 우선 냉장고에서 생수를 꺼내 벌컥벌컥 마셨다. 잠들었던 내장들이 기분 좋게 깨어나는 느낌이 들었다. 내친김에 근육도 좀 깨워볼 생각으로 팔굽혀펴기에 돌입했다. 지금껏 스무 개를 넘기지 못했는데 서른하고도 한 개를 더했다. 무슨 힘인지 모르겠다. 지난주에 산 한정판 에어맥스만 신으면 모든 게 완벽할 것 같은 날이었다.

샤워하고 나온 동안이 드라이어를 켜고 소란을 피워도 강미애는 좀체 밖으로 나오지 않았다. 벌써 밥을 하고도 남을 시간이었다. 동안은 조심스럽게 강미애의 방을 염탐했다. 침대 위에는 돌돌 말린 이불 더미가 보였다. 동안이 다가가 이불 더미를 조금 거둬내자 강미애의 얼굴이 드러났다. 식은땀으로 범벅된 얼굴에는 머리카락이 어지럽게 달라붙어 있었다. 놀란 동안은 이불을 확 밀어내고 강미애를 흔들어 깨웠다.

"엄마. 왜 이래. 응? 어디 아픈 거야?"

강미애가 실눈을 뜨고 동안을 쳐다보았다.

"아니야. 괜찮아. 걱정하지 마."

동안은 강미애의 이마에 손을 올렸다. 데일 듯이 뜨거웠다.

"괜찮기는 뭐가 괜찮아! 약은 먹은 거야? 언제부터 이래?"

"그냥 감기 기운이야. 자고 일어나면 괜찮을 거야."

"에이씨."

동안은 거실로 나와 상비약이 들어있는 박스를 뒤적였다. 두통약, 소화제, 파스, 멘소래담, 후시딘…… 감기약이나 해열제는 없었다. 동안은 집 밖으로 냅다 뛰었다.

엘리베이터가 바로 위 9층에서 내려오지 않았다. 동안은 9층으로 올라갔다. 똑같이 생긴 꼬마 둘이서 엘리베이터 버튼을 계속 누르고 있다가 동안을 보자 집안으로 후다닥 도망쳤다. 동안은 위층에서 엘리베이터를 타고 내려갔다.

아파트 상가에 있는 약국은 문을 열지 않았다. 마침 일요일이었다. 동안은 도로 건너편으로 뛰었다. 거기도 문을 열지 않았다. 또 어디에 있었더라? 무작정 사거리까지 뛰었다. 이제 막 문을 열었는지, 약국 앞에서 비질을 하고 있는 약사가 보였다.

"해열제, 해열제 주세요."

"누가 드시게요?"

약사는 빗자루를 벽에 세워 두며 물었다.

"우리 엄마요."

빗자루가 넘어졌고 약사는 그걸 다시 세우며 말했다.

"어른이 먹을 거군요."

"그럼 엄마가 어른이지 애겠어요?"

약사가 당황한 얼굴로 쳐다보았다.

"아침부터 해열제를 사러 왔으면 급하다는 생각이 안 들어요?"

약국으로 들어간 약사는 해열제를 꺼냈고 동안은 감기약도 달라고 했다. 감기약을 가져온 약사가 복약 방법에 대해 막 설명하려고 하자, 동안은 만 원짜리 지폐를 던진 후 달려나갔다.

엘리베이터는 다시 9층에서 머물러 있었다. 동안은 기필코 저 꼬마들을 가만두지 않겠다고 생각하며 비상계단을 뛰어 올라갔다.

여전히 맥을 못 추는 강미애를 반쯤 일으켜 해열제를 먹였다. 목덜미도 등허리도 전부 땀으로 젖어 잠옷이 몸에 들러붙어 있었다. 수건을 가져와 강미애의 얼굴을 닦아주다가 동안은 문득 두려워졌다. 강미애가 없는 자신의 삶이라든가, 불행해진 강미애와 함께 사는 삶이 그려진 것이다. 이럴 줄은 몰랐다. 이렇게 될 줄은 몰랐다. 동안의 눈에 눈물이 그렁그렁 맺혔다.

약국에 간 사이 설아에게 메시지가 왔었다. 무슨 색깔 운동화를 신고 나올 거냐는 질문이었다. 최대한 맞춰보겠다는 애교도 함께였다. 얘는 왜 이렇게 사랑스러워서 사람 욕심나게 하는지 모르겠다. 동안은 아무래도 오늘 못 나갈 것 같다. 강미애 혼자 저렇게 두고 나갈 수는 없었다. 간다고 해도 신나게 놀지 못할 것 같다. 며칠 동안 설레서 잠도 못 잤던 그날이 오늘이었다. 불행해진 이 느낌은 뭘까. 이 모든 게 도대체 누굴 위한 행복이고 누굴 향한 불행일까.

동안은 착잡한 심정으로 설아에게 톡을 보냈다.

-미안한데, 엄마가 좀 아파. 오늘 못 나갈 것 같은데 어떡하지?

답장은 곧바로 왔다.

-뭘 어떡해! 아줌마 옆에 있어야지. 그건 당연한 거야! 안 그래도 좀 피곤했는데 난 잠이나 더 자야겠어.

설아는 천사가 분명했다.

강미애는 다시 잠들었고 식은땀을 흘리지는 않았지만, 계속 잠만 잤다.

26

동안은 힘없이 제 방으로 들어가 지니를 불러냈다. 지니는 동안의 푸념을 들을 준비가 되어 있었다.

"뭐지? 이 기분?"

"알아. 그 기분."

"알면서 왜 말 안 해줬어?"

"말해준다고 인간들이 믿는 줄 알아? 직접 겪기 전에는 불리하게 예측되는 미래를 다 거부하고 싶은 게 인간들이야. 심지어 알 것 같아도 모른 척하고 사는 게 인간이라고. 어쩌면 나한테 불행을 빌었던 인간들도 다 알고 있었을걸? 어떤 기분일지? 알아도 어떡할 거야. 자기 행복이 우선인데. 인간들이 참 똑똑한 건 알고 있었는데 말이야, 아는 것도 기막히게 모른 척할 만큼 똑똑하더라고."

"이제 어쩌지?"

"뭘 어떡해? 되돌릴 수는 없어."

"엄마를 어떡하면 좋을까?"

"……."

"너를 어떡하면 좋을까?"

"……."

동안이 계속 중얼거리는데도 지니는 아무 말이 없었다. 결국 동안은 입을 닫고 가만히 지니를 쳐다보았다. 그저 자신이 천년만에 획득할 불행의 수확만을 기다리고 있는 것 같은 저 표정. 지니는 예전의 지니가 되고 싶어 했다. 그걸 위해서 수많은 사람을 불행에 빠트려야 했다. 지니가 불평하고 욕하던 인간들과 지니 역시 다를 바 없다는 생각이 들자 동안은 모든 게 한심하게 느껴졌다. 지니의 복원을 돕는 아바타가 된 것 같았다. 그래도 이미 엎질러진 물이었다.

"왜 말이 없어?"

"나는 소원을 접수하고 보고하고 수행하는 일 외엔 아무 것도 할 수 없어."

"혹시 도덕적 무관심이라는 말 들어 봤어?"

"아니."

"네 지식수준에 맞게 한마디로 말하면, 죄책감이나 양심이 결여된 사람을 두고 하는 말이야. 옳지 않은 일을 하면서도 아무 생각이 없는. 무뇌. 바보. 멍청이."

"마동안. 네 기분은 이해하지만, 이건 네가 자초한 일이야. 누구를 탓하면 좀 나아지니? 그 죄책감이나 양심이?"

"시끄러워! 사람들에게 타인의 불행을 빌게 만드는 너 따위는 인류의 평화를 위협하는 악이야!"

"마동안. 세상에는 수많은 유혹이 있지만, 누구나 그걸 덥석 물지는 않아. 자신이 벌인 일에 원하지 않는 결과가 나왔다고 해서 남 탓으로 돌리는 건 성숙하지 못한 거야."

"성숙 좋아하시네."

"나한테 시비 걸고 투덜거릴 시간에 다른 소원을 생각해. 너희 엄마와 설아 아빠가 다시 사랑에 빠지도록 소원을 빌면 되잖아. 물론 불행해질 타깃이 있어야겠지만."

다른 소원이라.

동안은 강미애를 위해 다시 소원을 빌어야 하는지 고민에 빠졌다. 만약, 강미애가 윤지태와 다시 사랑에 빠진다면 누가 불행해질까? 그건 바로 동안이었다. 어쩌면 설아가 불행해질 수도 있지 않을까 생각해 보았다. 곧바로 고개를 저었다. 설아는 아닐 것이다. 아니, 설아의 마음을 아직 잘 모르겠다. 타인의 불행을 빌어야 하는 게 조건이므로 자신의 불행을 바랄 수도 없었다.

솔직하게 말하면, 동안은 자신의 불행을 빌 수 없다는 조건이 내심 다행이라는 생각을 하기도 했다. 그런 제약이 없었다면, 강미애가 너무나 불행해 보이는 지금 이 순간 아무것도 하지 않는 자신을 용서할 수 없을 것 같아서였다. 동안은 자신이 이렇게나 이기적인 사람이었는지 몰랐다. 받아들이기가 쉽지 않았다. 이건 어디까지나 지니의 조건일 뿐, 도덕적 무

관심은 아니라고 애써 자신을 다독이던 동안은 갑자기 설아가 걱정되었다. 윤지태에게도 분명 문제가 생겼을 텐데, 설아는 어쩌고 있을까.

27

며칠째 설아는 아침 일찍 등교하지 않았다. 동안도 마찬가지였다. 학교 마치면 서둘러 집으로 가는 것 같았다. 그것 역시 마찬가지였다. 윤지태도 강미애만큼 정상은 아닐 테니 설아가 학업에 집중하지 못하는 건 당연한 일이었다. 동안은 설아가 걱정되었지만, 자신이 예상하는 일이 벌어졌다는 걸 확인하게 될까 봐 전화도 할 수 없었다. 설아가 생각보다 더 괴로워하고 있을까 봐 겁이 났다. 동안은 일주일 내내 학원을 빼먹고 곧장 집으로 갔다.

동안이 집에 오면 종일 씻지도 않고 누워 있기만 한 것 같은 강미애는 동안의 저녁 밥상만 차려주고 말없이 방으로 들어갔다. 요가도 가지 않고 마트도 가지 않고 화장도 하지 않고 웃지도 않았다. 몸은 회복된 것으로 보이는데 어딘가 모르게 계속 앓고 있는 사람처럼 보였다. 동안이 무슨 일이 있느냐고 물어보아도 강미애는 아무 일도 없다는 말만 반복했다.

새벽에 만취할 만큼 술을 마시기도 했다. 모든 게 엉망진창이 되고 있었다. 강미애와 윤지태를 불행에 빠트린 결과로 당장 자신이 행복해지는 것도 아니었다. 오히려 전보다 더 괴로워졌다.

지니에게 빌었던 소원을 설아한테 고백해야 한다는 생각이 들었다. 점점 혼자서 감당하기 힘들어졌다. 강미애가 언제까지 좀비처럼 살게 될지도 모르겠고 자신의 마음이 언제까지 괴로울 지도 알 수 없었다. 윤지태의 일이기도 하니까 설아도 알아야 할 것 같았다. 설아에게 고백하면 설아는 어떤 결정이든 현명하게 내릴 테고 동안은 주저 없이 그 결정에 따를 것이다. 주저 없을지는 솔직히 잘 모르겠다. 자신을 원망할까 봐 두렵기도 했다. 그렇지만 이제 혼자만의 문제가 아닌 게 되어버렸다.

밤늦은 시간, 동안은 설아네 집 앞 놀이터에 앉아 있었다. 설아에게 연락을 한 건 아니었다. 집은 숨이 막히고 딱히 갈 데가 없었다. 부단이 집에 갈까 하다가 그만두었다. 제일 친하고 좋은 친구지만 이런 문제를 부단과 함께 상의하기는 좀 그랬다. 설아에, 설아 아빠에, 동안의 엄마까지 연관되어 있으니까. 네 사람의 운명이 달려있고 이 사달의 원인은 자신이었으므로. 동안은 3층 설아네 집이 가장 잘 보이는 벤치에 앉아 기린 목을 하고 올려다보았다. 불이 켜져 있었다. 설아는 무얼하고 있을까.

연락을 할까 말까 고민하면서 휴대폰을 만지작거리는 순간 설아한테 전화가 왔다.

"여보세요."

"마동안. 너 어디야?"

"어…… 집이지. 넌?"

"거짓말도 할 줄 아네?"

건너편에 있는 미끄럼틀 위에서 월광과 함께 미끄러져 내려오는 설아가 보였다. 멋쩍어진 동안은 뒤통수만 긁었다. 설아는 미끄러져 내려온 채로 그 자리에 가만히 앉아 있었다. 동안이 쳐다보자 그쪽으로 오라는 손짓을 했다. 동안은 설아에게로 다가갔다. 설아는 엉덩이를 조금 옆으로 비켜주었고 동안은 그 틈을 비집고 털썩 엉덩이를 걸쳤다.

"너 왜 여기 있니? 연락도 없이."

"아니, 그게. 막 왔어. 이제 연락하려고 했지."

"왜?"

"어?"

"왜 왔고, 왜 연락하려고 했냐고."

"그게…… 걱정도 되고……."

"미안해. 연락도 못 하고. 아빠가 좀 아팠어. 다시 혼술을 마시기 시작했고 예전보다 더 폐인이 되고 있어. 그 예쁜 애인과 헤어졌나 봐. 좀 잘하지. 바보같이……."

설아의 목소리에 힘이 하나도 없었다. 우려하던 일이 사실이었다는 걸 확인한 동안은 죄책감에 빠졌다.

"왜 둘 다 불행해지는 거지……?"

설아가 혼잣말하는 동안을 쳐다보았다.

"무슨 말이야?"

"저기, 사실은……."

"사실은 뭐?"

"너희 아빠가 만나는 사람이 우리 엄마였어."

"뭐라고?"

"나도 얼마 전에 알았어. 믿어지지 않았고."

"그래서? 아까 한 말은 무슨 뜻이야?"

"……."

"아니지? 너, 설마. 아니지?"

"미안해."

동안의 고백에 설아는 좀 흥분했다.

"야! 도대체 왜 그런 소원을 빈 건데? 너희 엄마가 우리 아빠랑 사귀는 게 그렇게 싫었어? 우리 아빠가 어때서!"

처음 보는 모습이었다.

"아니, 그게 아니야. 그런 게 아니고……."

"그럼 뭐야? 아니면, 나랑 남매가 될까 봐 두려웠어?"

정통으로 얻어맞은 동안은 온몸에 힘이 빠지는 느낌이었다.

"너 저번에 우리 썸이라고, 너도 그랬잖아."

설아가 한심하다는 듯 웃으며 격앙된 목소리를 낮게 풀었다.

"그래. 우리 둘 다 친구에서 조금 앞서간 감정들이 없진 않았어. 그런데 그게 너희 엄마랑 우리 아빠 관계를 불행하게 만들 만큼은 아니었어. 안 그래? 너 나랑 뭐 결혼이라도 하려고 했어?"

동안은 입을 닫았다. 자신이 너무 부끄러웠다. 죄책감은 더 커졌다. 처음으로 설아가 예뻐 보이지 않았다. 자꾸만 강미애가 떠올랐다. 괴로웠다.

"미안해. 내가 너무 흥분했어."

설아의 사과에도 동안은 대꾸하지 않았다. 동안 대신에 설아가 나지막한 목소리로 말을 이어갔다.

"나는 아빠가 연애를 시작한 게 진심으로 기뻤어. 그게 너희 엄마였는지 몰랐지만, 그 누구였어도 기뻤을 거야. 내가 다섯 살 때 이혼하고 혼자 날 키웠어. 엄마는 일 년만에 재혼했는데 아빠는 단 한 번도 나 외에 다른 사람을 곁에 두지 않았어. 내가 널, 그래. 좋아하는 감정이 있었던 건 사실인데 우린 열일곱이야. 우리의 설익은 감정 때문에 아빠 인생에 찾아온 사랑을 방해하고 싶지 않아. 어떡해… 동안아. 아빠가 너무 힘들어해. 덩달아 나도…… 너무 불행해."

28

집으로 돌아온 동안은 다시 지니를 불러냈다. 화가 잔뜩 난 표정이었다.

"다 너 때문이야! 말도 안 되는 너 같은 게 나타나서 모든 걸 엉망으로 만들어놨어! 불행만 들어줘? 말이 돼? 그게 악마가 아니고 뭐야! 왜 하필 내 앞에 나타난 거야, 왜!"

지니는 이런 상황이 익숙했다. 동안을 이해했고 막말도 받아들였다. 동안이 아무리 잔인한 말을 하고 난폭한 행동을 해도 아직 소원의 기회가 남았기 때문에 동안을 떠날 수는 없었다. 동안이 자신을 버린다고 해도 동안의 소원으로 다섯 가지 불행이 채워질 때까지 어떤 식으로든 동안에게 돌아오게 되어 있었다. 이건 어쩔 수 없는 운명이었다. 이미 시작된, 돌이킬 수 없는.

"마동안. 네가 선택한 거잖아."

"뭐?"

"내가 분명히 불행만 들어준다고 설명했는데도 넌 시작했어. 그 소원들도 누가 억지로 시킨 게 아니라 네가 원한 거야. 심지어 진심으로."

"너 도대체 무슨 짓을 한 거야."

"네가 원한 짓."

지니의 마지막 말에 동안은 할 말이 없었다. 반박할 수 없는 사실이었고 이제야 현타가 왔지만 지니 말대로 되돌릴 수는 없었다. 이걸 만회할 수 있는 다른 소원을 비는 수밖에. 그런데 그것 또한 누군가가 불행해져야 하는 시스템이었다. 과연 끝이 있을까?

동안은 속이 메스껍고 불편했다. 머릿속은 분주했다. 행복은 뭐고 불행은 뭘까. 그건 정말 상대적인 걸까? 반드시 누가 불행해져야만 행복의 기회가 오는 걸까? 행복해지기 위해 했던 모든 노력이 어쩌면 불행을 외면하기 위한 방패였을지도 모른다. 그렇다면, 그건 너무나 비겁한 짓이었다. 막연한 행복을 좇느라 비겁하게 살기에는 좀 이른 나이가 아닐까 하는 생각이 들었다. 불행과 맞붙어보지도 않고 도망치기만 한 것 같았다. 다른 사람의 행복을 찢으며 그 틈으로 도망치려고 했다는 생각이 들자 동안의 눈에서 마침내 눈물이 치솟았다.

29

다음 날 동안도 설아도 학교에 늦게 도착했다. 둘 다 눈이 퉁퉁 부어있었다. 동안은 설아만 쳐다보았다. 쳐다보는 것도 안 될 것 같아서 자꾸 시선을 돌려보는데 마음대로 안 됐다.

점심시간이 시작되자마자 부단이 동안 옆에 앉으며 은밀하게 물었다.

"너네 사귀지?"

부단이 설아를 향해 턱짓을 했다. 동안은 그런 부단을 노려보았고 부단은 한술 더 떴다.

"그리고 헤어졌지?"

동안은 부단의 뒤통수를 세게 때리고 교실을 나갔다.

운동장에 걸터앉아 있는 동안의 앞으로 부단이 다가왔다. 동안을 향해 빵을 던졌고 동안이 완벽하게 받았지만, 빵은 다시 부단에게로 던져졌다.

"왜. 먹어 좀."

"배 안 고파."

"아, 짜식. 안 하던 짓 하네."

부단은 빵을 뜯어 크게 베어 물었다. 하얀 크림이 입가에 묻었다.

"너는 크림빵이 물리지도 않냐?"

그렇게 물었지만 부단이가 크림빵을 좋아하는 이유를 동안은 알고 있었다.

부단이는 다섯 살 때부터 트로트 가수가 꿈이었다. 왜 하필 트로트 가수냐고 물었을 때, 인생은 트로트에 있다고 부단은 대답했다. 공부에 소질이 없어서 일찌감치 다른 재능을 찾았다는 말은 죽어도 하지 않았다. 부단은 경연 대회도 나가 보고 오디션도 꾸준히 보러 다녔다. 노래도 잘하고 끼도 넘쳤지만, 재능이 있다고 해서 성공과 직결되는 건 아니었다. 재능 있는 사람은 많고 그걸 키워줄 부모를 가진 사람도 많았다. 기회는 주로 그들에게 먼저 갔다.

"나 키즈트롯대회에 예선 볼 거야."

"키즈트롯? 성인이랑 붙어서 안 되니까 이제 키즈냐?"

"왜 이래. 엄연히 고등부가 있는 대회라고."

"거긴 상금이 얼만데?"

"1억. 근데 돈이 중요하진 않아."

"그럼? 원하는 게 뭐야? 유명해지는 거?"

"누가 날 찾아오게 만드는 거. 어디 있는지 몰라서 내가 찾을 수는 없으니까 날 찾아오게 하려면 방송 타는 길밖에 없어. 당신들 없이도 잘 살아왔다는 걸 보여주고 싶어."

동안은 처음 듣는 얘기였다. 가수가 꿈이고 유별나게 트로트를 좋아한다는 건 알고 있었지만, 악착같이 오디션을 보러 다니는 이유가 그런 거였는지는 몰랐다. 동안은 조금 미안해졌다. 완벽한 진지함의 결핍[3]을 느낄 만큼, 마치 철없음이 열일곱의 권리라 믿는 절친의 상처에 관해서는 궁금해하지 않았던 것이다. 그런 속사정을 얘기하는 것도 익숙하지 않은 열일곱이었다. 동안이 마주공 얘기를 하지 않는 것과 같은 마음이었을 거다.

부단이가 자연스럽게 트로트를 좋아하게 된 데는 젖먹이 때부터 할머니 손에 자란 영향이 컸다. 동안도 부단이 할머니가 부르는 노래를 여러 번 들었다. 손자와 손자 친구의 저녁상을 차려주고는 텔레비전을 보며 트로트를 따라부르던 할머니를 동안은 기억한다. 할머니는 부단이에게 자주 크림빵

---

3 헤르만 헤세, 『데미안』, 문학동네, 78쪽에 나오는 구절

을 사주었다. 동안도 여러 번 얻어먹었다. 할머니는 동네 슈퍼에서 담배나 소주를 살 때마다 크림빵을 함께 샀다. 요즘 누가 슈퍼에서 파는 크림빵을 먹는다고. 그러나 부단이는 할머니가 건네는 크림빵이 몇 개든 그 자리에서 먹어치웠다. 혹시 아빠가 크림빵을 좋아했을지도 모른다고 생각해서였다.

"넌 사랑이 뭐냐고 생각하냐?"

동안의 뜬금없는 질문에 부단의 눈이 토끼처럼 커졌다. 부단이 씹고 있던 빵을 꿀꺽 삼킨 후에 대답했다.

"진짜 그걸 몰라? 이 나이 먹도록?"

"뭔데?"

부단은 혀를 내밀어 입가를 훔치곤 말했다.

"눈물의 씨앗이지."

"뭐?"

"또는 창밖의 빗물 같은 것이고."

"무슨 헛소리야."

"넌 아직 멀었어. 인생을 알려면. 내가 진작 너에게 예술과 철학을 가르쳤어야 했는데."

부단은 다시 빵을 베어 물었다.

마지막 수업 시간에 빗방울이 떨어졌다. 동안이 빗방울을

관찰하기엔 창에서 너무 먼 자리였지만, 눈을 떼지 않았다.

'창밖의 빗물 같은 것⋯⋯.'

자신도 모르게 중얼거리는데 설아한테 메시지가 왔다. 단톡이었다.

-끝나고 만나. 후문.

동안은 후문 앞에서 설아를 기다렸다. 부단과 고은도 왔다. 셋 다 부른 이유가 뭘까. 동안은 불안했다.

30

"나한테 좋은 생각이 있어."

설아가 갑자기 밝은 설아로 돌아와서 말했다.

"무슨 생각?"

"내가 불행해질게."

"뭐?"

"타인이 불행해지는 소원만 이뤄준다며? 그러니까 넌 안 되고 내가 불행해진다고."

"그게 왜 좋은 생각인데?"

"넌 지니한테 가서 윤설아가 불행해졌으면 좋겠다고 빌어."

"그래서?"

"내가 불량해지거나 성적이 바닥치거나 뭐 그러겠지? 그럼 너도 불량해지거나 바닥 쳐. 그게 너희 엄마랑 우리 아빠를 다시 만나게 하는 유일한 방법이야. 학교에서 우연히 다시 만나게 하는 거지."

"그건 너무 위험해. 그러다가 정학이나 퇴학이나 뭐 그렇게 되면? 지니는 생각보다 창의적이라고."

"그렇게 되더라도 감수해야지."

"왜? 왜 그렇게까지 해야 하는데?"

"어쩌면 네 사람이 모두 행복해질 수 있는 길이거든. 어차피 이렇게 된 거 그냥 던지는 거야. 우리도 한번쯤 부모를 위해 희생해보자. 인생 길잖아."

설아는 해맑게 웃었다.

동안은 절대로 설아의 불행을 소원으로 비는 일은 없을 거라 다짐하는 중이었고, 두 사람의 대화를 말없이 듣고 있던 부단은 이게 다 무슨 소리인가 싶은 표정이었고, 내내 팔짱을 낀 채 심각한 얼굴로 서 있던 고은이 결국 입을 열었다.

"정말 유치해서 못 들어주겠네. 공부 잘 하는 거 인생 사는 데는 아무짝에도 쓸모가 없다는 게 맞지 싶다. 설아 양, 동안 군. 사람 마음을 바꾸는 건 진심밖에 없어. 그 어떤 생쇼보다 진심이 최고의 무기란다."

자신의 의견이 무시된 것에 민망해진 설아가 반격했다.

"고은 양. 진심은 말이야. 사랑하거나 용서할 준비가 된 사람한테나 통하는 거야. 당장 불행에 허우적대는 사람한테는 진심 나부랭이 아무짝에 쓸모없어. 너 같은 부르주아 태생은 모르는 게 있단다."

동안과 부단은 그녀들의 대화가 걱정되기 시작했지만, 고은은 늘 그렇듯 평정심을 잃지 않았다. 그런 점이 고은이 가진 장점이 아닐까 동안은 생각했다.

"설아 양. 너의 말에 어떤 의도도 없다고 생각하고, 무슨 뜻인지도 알겠어. 그렇지만 말이야. 진심은 누구에게나 통해. 설령 그게 세상에서 가장 나쁜 사람일지라도, 세상에서 가장 불행한 사람일지라도, 그건 뇌 호르몬의 문제이고 심장에서 할 일이지 돈이나 집안, 태생에 따라 바뀌는 게 아니란다. 진심이 통하기까지 걸리는 시간은 다를 수 있겠지만, 결국은 통하는 거야. 진심은 힘이 커. 동안 군, 자네는 알겠지?"

고은이 발언 끝에 동안을 끌어들이는 바람에 동안의 처지가 난처해졌다. 사실 동안의 생각에도 고은의 말은 틀린 것처럼 들리지 않았다. 더구나 지니를 생각하면 더욱 그랬다. 동안의 마음이 진심인지 아닌지 다 간파해버리는 지니를 생각하면 진심은 무서운 거였다. 진심은 보이는 게 다가 아니었다. 그것을 동안은 비로소 알게 되었고 그 얘기를 지금 고은이 하고 있는 상황이었지만, 자신이 고은의 편을 들면 설아가 섭섭해할까 봐 이러지도 저러지도 못한 채 부단의 얼굴만 쳐다보았다.

눈치 없는 부단은 한술 더 떠서 너에게 묻잖아, 라고 부추겼다. 도움 안 되는 이런 녀석이 베프라는 사실에 동안은 한숨을 쉬며 입을 열었다.

"글쎄, 일리가 영 없는 것 같지는 않지만. 그런데 문제는, 그 진심을 전할 방법이 참 어렵다는 거야. 쉽게 전해지는 마음은 왠지 진심이 아닌 것 같기도 하고."

성격 좋은 설아가 고은의 발언에 관심이 생긴 듯 질문했다. 어떤 방법이든 가릴 상황이 아니었다.

"그래서? 어떤 진심을 어떻게 전하라는 거야?"

고은은 설아의 교복 주머니에서 막대 사탕 하나를 슬쩍 꺼내며 대답했다.

"진심에 뭐가 필요해. 너희 마음을 그냥 얘기해. 진심으로."

설아는 고은이 슬쩍 꺼내고 있는 막대 사탕을 빼앗아 주머니 속에 다시 집어넣으며 말했다.

"고은 양. 너답지 않은 말이라 좀 어색해. 평소 넌 절대적 진리에 가까운 것들만 신뢰하잖아?"

"설아 양. 세상에 단 하나 절대적일 수 없는 게 있어. 그게 바로 사람 마음이야."

31

강미애는 여전히 말이 없었고 힘도 없어 보였다. 주말이면 하루 세 번 동안의 식사를 준비해 주었고 세탁기나 청소기를 돌리기는 했지만, 정작 자신을 위해서는 아무것도 하지 않는 것 같았다. 밥도 먹는 둥 마는 둥이고, 미용실도 가지 않아 머리는 덥수룩했고, 언제 칠했는지도 모르는 매니큐어는 반 이상 날아가고 없었다. 잠잘 때 입던 옷을 입은 채로 밥을 하고, 밥할 때 입던 옷을 입은 채로 쓰레기를 버리러 나갔다.

"왜 이렇게 늦게 와?"

분리수거 바구니를 들고 현관으로 들어오던 강미애 앞에 동안이 섰다.

"아, 9층에서 엘리베이터가 안 내려와서."

"또 쌍둥이 녀석들 짓이군. 내가 꼭 복수할 거야."

"관둬. 그 집 아줌마가 휠체어를 타. 다정하고 좋은 사람이야. 9층에서 엘리베이터가 오래 머물면 그냥 기다려 줘."

강미애는 부엌 베란다에 바구니를 갖다 놓고 나와서 냉장고 문을 열었다.

"엄마."

"응?"

"얘기 좀 해."

두 사람은 식탁에 마주앉았다. 밥 먹을 때 아니고선 일부러 마주앉은 적이 없었기에 분위기는 어색했다. 동안은 한참 머리만 긁적였다. 강미애는 힘이 없는 건지 평소 같지 않은 동안의 태도에도 관심이 없는 건지 아무 말 않고 있었다.

"나 문창과 갈까 봐."

"문창과? 거기서 뭘 배우는데?"

"음…… 소설 같은 거 읽고 쓰는 거 배울걸?"

"그런 걸 대학까지 가서 배워야 해?"

"배운다는 것보다 그런 걸 좋아하는 사람들과 어울리고 싶어."

"넌 파일럿이 꿈 아니었어?"

"나도 그런 줄 알았는데, 그건 좀 비겁한 꿈이었어. 아빠한 테서 도망치고 싶었거든. 내가 진짜 좋아하는 건 소설이었어. 만화도 좋고."

"엄마는 네가 뭘 배우든 뭐가 되든 그 과정이 행복한 쪽이었으면 좋겠어. 좋아하는 걸 찾았다면 정말 멋진 일이야."

"엄마."

"응."

"엄마도 엄마가 좋아하는 걸 찾아. 멋진 삶을 살아."

"내가 뭘 좋아했을까…… 까마득하네."

"웹툰 작가 윤지태."

동안의 입에서 떨어진 말은 너무나 단도직입이어서 본인도 강미애도 놀란 표정을 수습하기가 힘들었다. 이미 말을 뱉은 이상 동안은 돌이킬 수 없다는 걸 알았다.

"그 아저씨 딸이 내 여사친이야. 윤설아. 그 아저씨 요즘 많이 아프대. 엄마처럼 좀비 같대. 그래서 우리가 좀 힘들어."

"세상에. 무슨 얘길 하는 거니, 동안아."

동안은 지금까지 벌어진 일들을 적절히 골라 얘기했다. 지니에 관한 건 빼고, 설아와의 썸도 빼고.

"진심. 고은이라는 약간 천재 비슷한 애가 있는데, 그 애가 그러더라. 진심은 누구에게나 통한다고. 머리 쓰지 말고 그냥 진심을 전하라고. 그 아저씨와 엄마는 점점 더 좀비스럽게 변해 가고, 설아와 난 좀비랑 사는 게 힘들어."

"너희가 신경 쓸 문제가 아니야. 너희는 지금 너희 문제만으로도 예민한 시기야."

"아니. 우리가 신경 쓸 문제야. 왜냐면, 아무 문제 없었던 아줌마, 아저씨가 좀비처럼 변한 이유를 우리는 알거든. 이건 진심인데, 엄마. 내가 엄마 인생이나 엄마 연애에 걸림돌이 되진 않았으면 좋겠어. 무엇보다 엄마가 행복했으면 좋겠어."

동안은 말하는 내내 감정이 복받치고 힘들었다. 왜 그런지는 모르겠다. 설아 때문인지, 강미애 때문인지, 자신 때문인지. 그러나 중요한 것은 그런 말들을 고백하면서 인생을 과식한 기분이 들었다는 사실이다. 처음 느껴보는, 나쁘지 않은 기분이었다. 고은의 말대로 진심이 통할지는 모르겠지만, 동안은 강미애의 행복을 원했다. 진심으로.

32

부단이 키즈트롯 예심을 통과했다. 축하 파티를 하기 위해 고은의 집에 모이기로 했다. 부모님은 집을 비웠고 대신 고은을 케어해주는 아주머니가 계셨다. 고은의 집은 대저택까지는 아니지만, 무리하면 대저택에서도 살 수 있을 것 같은 재력을 뿜고 있었다. 동안은 헌팅 트로피를 보며 이거 우리 집에도 있었는데, 라고 말했다가 후회했다. 설아는 서재를 보며 윤지태의 낡은 책장이 떠올랐고 부단은 피아노 앞에 앉아 어설프게 손가락을 놀렸다. 식탁에 근사한 저녁이 차려질 때까지 부단은 노래를 불렀고 나머지 세 사람은 웬일로 부단의 노래를 경청해 주었다.

식사 준비가 다 되었다는 말을 듣고 네 사람이 몸을 옮기려고 할 때 설아가 부단에게 무언가를 내밀었다.

"뭐야뭐야?"

호들갑 떨며 그것을 건네받은 부단 옆으로 나머지 둘이 모였다. 펼쳐보니, 다들 직접 본 적은 없는 부적 같은 거였다.

"우리 엄마가 아빠랑 연애할 때, 그러니까 아빠가 만화가로 데뷔하기 전에 여친이었던 엄마가 선물한 부적이래. 이거 받았던 그해에 아빠가 정식으로 데뷔했어. 오래되긴 해서 효험이 있는지는 모르겠어."

"이거 나한테 이렇게 막 줘도 되는 거야?"

"이제 아빠한테는 필요 없는 거잖아. 아빠가 버리려고 내놓은 결혼 앨범 속에 있었어. 오래전에."

설아의 얘기를 듣던 동안이 무슨 말인가 하려고 하는데 고은이 먼저 끼어들었다.

"부적이라. 아주 고리타분하군."

동안이 다시 무슨 얘기를 하려고 하자 이번에는 부단이 먼저 말했다.

"아니야. 이게 나한테 온 건 분명 행운일 거야. 고마워 설 아야."

네 사람은 부엌으로 향했다.

6인용 식탁에는 스테이크와 야채 샐러드, 스파게티, 빵과 치즈 등이 예쁘게 플레이팅 되어 있었다. 마치 고급 레스토랑에 온 것 같았다. 식사 준비를 끝내고 자리를 뜨는 아주머니를 향해 고은을 제외한 세 사람이 동시에 소리쳤다. 잘 먹겠습니다!

스테이크를 썰기 위해 포크와 나이프를 손에 든 설아가 물었다.

"예심 통과했으면 이제 티브이에 나오는 거야?"

스파게티를 입안 가득 집어넣은 부단이 대답했다.

"그럼! 다들 본방 사수 부탁해. 문자 투표도 참여해주고."

유리잔에 탄산수를 채우던 고은이 물었다.

"궁금한 게 있는데, 부단 군. 만약 최종 우승한다면 상금이 일억이잖아? 자네는 그 큰돈을 어떻게 쓸 생각인가?"

부단은 평소 생각해둔 것처럼 일 초의 망설임도 없었다.

"기부할 거야."

부단의 대답에 셋 다 손과 입을 정지하고 놀란 눈으로 쳐다보았다.

"그렇게 쳐다볼 거 없어. 다들 알다시피 나는 호적상으로 열여덟이야. 낡았지만 집도 있고 할머니 앞으로 나온 사망보험금도 있어. 내 몸엔 음악이 있고. 뭐가 더 필요해?"

"그럼 이렇게 힘들게 도전하는 목적이 뭐야?"

설아가 물었고, 부단의 목적을 알고 있는 동안은 본인이 끼어들어서 화제를 돌려야 하나 고민되었다.

"공중파 방송에 나가는 거. 그래서 날 버린 사람들이 알아보게 만드는 거."

부단은 솔직했다. 갑자기 경건해진 분위기를 비틀기 위해 부단은 동안을 저격했다.

"야, 마동안. 고은은 이 근사한 음식을 대접하고 설아는 비상한 부적을 선물했는데, 정작 내 베프인 너는 빈손인 거냐?"

뜨끔한 동안이 샐러드를 왕창 입에 넣자, 고은이 말했다.

"지니한테 부단 군이 최종 우승하게 해달라고 비는 건 어때?"

설아가 동참했다.

"그거 좋은 생각이다! 경쟁자가 탈락해서 불행하게 해달라고 하면 되잖아."

동안은 말이 없었다. 동안이 의사 표현을 한 것도 아닌데,

부단이 불쑥 거절부터 했다.

"사양하겠어."

"왜?"

"비겁하니까."

제안한 고은은 민망해졌고 동안은 심각해졌다. 단 한 번도 멋있다고 생각해 본 적 없는 부단이 멋있어 보이기까지 했다. 다른 사람의 불행을 빌어 행운이나 행복을 얻을 기회를 정말 기회라고 생각했던 순간들이 떠올랐다. 기회를 잡는 것도 능력이라고, 마주공은 자주 말했었다. 지니가 어쩌면 기회라고 동안은 생각한 적이 있었다. 비겁한 기회. 입에 넣은 스테이크는 왜 이렇게 질긴 걸까. 분명 최상급 소고기일 텐데. 동안은 한두 번 씹던 고기를 꿀꺽 삼켜버렸다.

"그나저나 고은 양은 행복하겠어. 이런 집에서 매일 이런 음식 먹고. 부모님은 함께 여행 다니실 만큼 사이가 좋고 말이야."

"같이 간 거 아니야."

"응?"

"각자 따로, 서로의 애인과."

"헐."

헐, 이라는 말을 부단이 내뱉자 동안과 설아는 눈치를 보았다.

"이런 좋은 집에서 난 늘 혼자야. 이런 근사한 식사를 혼자 해. 그래도 괜찮은 이유는 내 부모가 각자 행복하게 사는 것 같아서, 서로의 애인과 사생활과 수입에 터치하지 않고 결혼 생활을 유지하는 건 생각보다 만족스러운가 봐. 겁나 친절해. 서로에게. 그리고 내게."

"몰랐어. 미안해."

"미안할 건 없어. 그렇다고 내가 불행한 건 아니야. 그들의 돈으로 누릴 거 다 누리면서 편하게 살고 있으니까. 그나마 다행인 건, 두 사람 모두 나한테는 진심인 것 같아."

동안은 고은의 말을 들으며, 고은이 왜 철학이나 우주에 관해 관심이 많은지 알 것 같았다.

디저트를 먹으며 고은이 물었다. 강미애와 윤지태에게 진심을 전했는지. 부단도 궁금했지만 차마 묻지 못하고 있었다가 귀를 곤두세웠다. 동안의 엄마와 설아의 아빠 반응이 어땠는지도 궁금했다. 설아는 지켜보자고 말했다. 우리는 진심이었고 그 진심을 전했으니, 고은 양의 말대로 진심이 반드시 통한다면 변화가 생길 거라고.

동안은 모든 게 자신 때문에 벌어진 일 같아서 미안한 마음이 넘쳐 주체할 수 없었지만, 그 와중에 어느 정도는 설아와 가족이 될지도 모를 불안감이 있었다. 어쩔 수 없는 미련까지 아닌 척할 수는 없었다. 동안에게 설아는 첫 썸이었고 첫사랑이었다. 만약에 지니를 만나지 않았더라면, 순리대로 내버려두었더라면, 지금 상황은 어떻게 흘러가고 있었을까.

33

윤지태의 웹툰은 다시 꽁냥꽁냥해지기 시작했고, 강미애는 바리스타 자격증을 땄다. 윤지태는 깨끗해지기 시작했고 강미애는 자꾸 화장을 했다. 두 사람이 다시 만났는지 확인하지는 않았다. 웃는 날들을 보낸다면 그것으로 된 거라고, 그런 소식을 주고받으며 동안과 설아는 이제 그들의 인생에서 손을 떼기로 합의했다. 궁금해하지도 말고 염탐하지도 말고 이렇게 그들의 사생활을 주고받지도 말자고.

34

동안은 깊은 고민에 빠졌다. 자신이 불행하다고 생각될 때 사람은 무척 나약해진다. 배려심보다 이기심이 커질 수 있는 시기다. 불행에서 벗어나기 위해 다른 사람의 불행을 원할 수는 있다. 그러나 사람 마음에서 일어나는 일이 지니를 통해 실제로 벌어지면 엄청난 파국을 맞게 된다. 실제로 그 불행이 벌어질 줄 알면서도 소원을 빌게 만드는 건 나쁜 것 같다. 나쁜 짓은 동기부여가 빠른 법이다. 지니의 존재가 악의 화신처럼 느껴졌다.

지니를 없애야 한다. 다시는 타인의 불행을 요구하는 소원을 들어줘서는 안 된다. 누군가를 불행하게 만드는 방법으로 사람들에게 희망을 줘서도 안 된다. 다른 사람의 불행으로 인해 자신이 행복해지는 것이야말로 진짜 불행한 일이라는 걸 동안은 알게 되었다. 지니를 어떻게 없앨 수 있을까? 지니가 다시는 주전자에서 나오지 못하도록 하는 방법이 있을까?

계속 생각하다 보니 혹시 이것도 누군가를 불행하게 만드는 것인지 동안은 의심스러웠다. 언젠가부터 자신이 하는 생각이 들킬까 봐 눈치 보였고, 자신의 진심이 타인을 해칠까 봐 걱정되었다. 그렇게 불안하게 사는 것 자체가 불행하게 느껴졌다.

동안이 다섯 개의 소원을 다 빌어야 작별할 수 있다고 지니가 말했었다. 다섯 개의 소원을 다 빌지 않으면 그 소원을 채울 때까지 어떡해서든 다시 나타난다고 했었다. 한 사람의 소원이 완료될 때까지 다른 사람의 소원을 들어줄 수는 없다고도 했었다. 그렇다면 동안이 다섯 개의 소원을 다 빌지 않은 채 지니를 없애버리면 될 일이었다. 다시는 돌아오지 못하도록. 완벽하게. 어떤 방법이 있을까? 지구 반대편에서 무려천 년 만에 동안에게 도착해서 소원을 들어주게 되었다던 지니를 무슨 수로 없애버릴 수 있을까. 고은이 필요했다. 고은이라면 답을 알고 있을 거라고 동안은 확신했다.

다시 네 사람이 모였다. 동안의 얘기를 진지하게 듣던 고은은 생뚱맞은 제안을 했다.

"잠깐, 동안 군. 이 타이밍에서 궁금한 게 있는데 말이야. 지니가 너 아닌 다른 사람 앞에서는 모습을 드러낼 수가 없다고 했지만, 지니가 들어있다는 그 주전자는 누구나 볼 수 있지 않아? 너도 네 아버지도 보고 만졌으니 말이야."

듣던 세 사람은 고은의 의도가 궁금했다.

"일단 우리 다 같이 그 주전자를 좀 만나보자. 지니는 못 만나더라도 주전자는 봐야 무슨 방법이든 떠오를 것 같아. 궁극적으로 없애야 할 건 주전자니까."

네 사람은 지체없이 동안의 집으로 향했다.

35

지니의 주전자를 처음 본 세 사람은 못내 실망한 표정이었다.

"에게게-."

부단의 반응이었다.

"음. 쥐똥만 하지만, 심상치 않아."

고은의 말이었다.

"뭐가?"

"일단 이 주전자는 불에 타지 않아. 그러니까 녹일 수 없다는 말이지. 구워 만든 게 아니니까 깨버릴 수도 없어. 그렇다면 은닉밖에 답이 없다는."

"바다에 던져 버리는 건 어떨까?"

"지니가 동안에게 오는 데 천 년이 걸렸다고 했잖아. 바다에 던져 봤자 천 년 안에 발견 될 걸? 바다는 움직이잖아."

"아니야. 설아 양. 부단 군의 의견이 나쁘지 않아. 왜냐면, 동안이 다섯 가지 소원을 빌어야 지니가 다른 사람에게 갈 수 있다고 했는데, 동안이 천 년이나 살 리가 없잖아? 고작해야, 오래 산다 쳐도 백 년이야. 그렇다면 거의 팔십 년 정도 남았다는 말인데, 팔십 년 안에 동안의 손에 다시 돌아올 확률이 얼마나 되겠어? 게다가 동안의 체온이 있어야만 지니가 소환되는 시스템이니 동안에게서 멀리 팔십 년 정도만 떨어져 있으면 돼. 일단 사람 손이 닿지 않는 게 관건이야. 사람 손을 타면 이 요망한 것이 어떻게든 동안에게 돌아오려고 수를 쓸지도 몰라."

"백록담은 어때? 백두산 천지에 갈 수는 없으니 아쉬운 대로. 바다보다는 안전하게 고립되지 않겠어?"

부단의 말에 고은이 한심하다는 듯 받아쳤다.

"부단 군. 백록담에 간다고 이걸 그 연못 중앙에 빠뜨릴 수 있을 것 같아? 일단 백록담은 구름보다 높은 곳에 있어. 1,950m를 올라야 정상까지 갈 수 있는데 그것부터 말이 안 되고, 오른다 한들 지름이 500m가 넘는 기암절벽을 향해 이 주전자를 던지면 못에 빠질까?"

"장담하지 마. 그 신령한 곳에서 어떤 일이 일어날지는 모르는 거야."

"투포환 세계 기록이 몇 미터게?"

뜬금없는 고은의 퀴즈에 다들 거리를 가늠해보는 눈동자였다. 그러나 투포환이라는 용어부터 낯선 그들에게는 도대체 무슨 도구를 보통 몇 미터씩 던지는지조차 본 적이 없었다.

"23.37m. 고작해야 그게 세계 신기록이야. 500m? 그냥 이 주전자를 남산에다 자물쇠로 달아놓고 오는 게 현명하지."

"고은 양. 자꾸 반박만 하지 말고 대책을 내놓아 봐. 똑똑한 머리로."

설아는 고은이 현명한 안건을 내놓을 거라 믿고 있었다.

"절."

"절?"

셋이서 합창을 했다.

"우리 집 별장이 있는 바닷가에 절이 있어. 거기 우리 집안 조상들이 다 있거든. 초상만 나면 사십구재든 천도재든 전부 거기서 지냈어. 내가 한번 알아볼게."

"별장?"

셋은 다시 합창했다.

"절에 갖다 놓으면 사람 손 타는 일은 거의 없다고 봐야지. 근데 좀 멀기는 해."

"어딘데?"

동안이 묻자 고은은 부산이라고 말했고, 세 사람은 어떤 놀이에 재미 붙은 꼬마들처럼 마지막 합창을 했다.

"부산?"

이어서 부단의 노랫소리가 울려 퍼졌다.

"부산 갈매기~ 부산 갈매기~ 너는 정녕 나를 잊었나~"

동안은 부단의 입을 틀어막으며 심각한 얼굴로 고은에게 물었다.

"별장이 부산에 있어? 왜?"

"큰아빠가 거기 주지 스님이거든. 우리 아빠의 둘째 형. 바닷가 끄트머리 절벽 위에 용한사라는 절이 있어. 어때? 이번 여름방학 때 머리도 식힐 겸 저 불행 바이러스도 처리하고 올까?"

넷은 이토록 열정적인 대화를 한 적이 없었다. 마침내 의견을 종합해 결론에 이르렀고, 디데이는 여름방학 첫 번째 주말로 정했다.

36

본선에서 최종까지 오른 부단의 결승 대회가 있는 날이다. 본방 사수를 위해 고은의 집에 모이기로 했지만, 동안은 불참했다. 부단의 결승 대회에 관심이 없어서가 아니었다. 누구보다 응원하는 베프다. 사실 그간 동안은 고민을 좀 많이 했다. 지니를 좋은 쪽으로 이용할 기회를 놓치는 건 아닌지, 가장 아끼는 친구를 위해 자신이 그걸 해줘야 하는 건 아닌지. 물론 부단은 사양했지만 부단에게는 비밀로 하면 그만이었다. 그러나 이미 네 가지 소원을 빌었기 때문에 지니를 처리하기 위해서는 소원 하나를 남겨둬야 했다. 무엇보다 동안은 이제 타인의 불행을 빌고 싶지 않았다. 부단의 우승을 위해서는 부단과 결승전을 펼치게 될 상대가 탈락해서 불행하게 해 달라고 빌어야 하는데, 사정을 들어보니 그 친구의 짧은 인생도 참으로 딱하고 기구하여 마음이 편하지 않았다.

부단과 결승전에서 경연할 상대는 중학교 2학년인 남학생이었다. 서해의 끄트머리 어느 작은 갯마을에 살고 있다는 학생은 극구 고향을 떠나지 않으려는 아버지와 단둘이 살면서 저물녘이면 갯가에 나가 앉아 트로트를 불렀다고 했다. 암 투병 끝에 돌아가신 어머니를 그리워하다가 어머니의 얼굴이나 체취가 흐릿해지면서 차츰 어머니를 잊는 자신에게 죄책감을 느꼈고, 그것은 누구에게도 말하기 힘든 내밀한 부끄러움이었으며, 오직 트로트만이 그 마음을 달래 주었다고 했다. 트로트 가사 같은 인생사였다.

게다가 녀석은 타고난 방송 체질이었다. '트로트로 불치의 중2병을 이겨내고 있'다는 센스 만발한 발언으로 최연소 심사위원이었던 정동원으로부터 열렬한 공감을 얻어낸 녀석은 결승전까지 오는 내내 심사위원들에게 극찬을 받았다. 유튜브에 업로드된 영상은 조회수가 가히 상상을 초월했고, 시청자들의 호응과 응원은 그야말로 뜨거웠다. 구구절절 와닿던 학생의 사연이 한과 애상으로 뭉친 트로트 장르와 맞춤하게 어울린 것이 상당한 효과를 발휘한 듯 보였다. 물론, 가창력이나 가사 전달력도 수준 높았다.

그렇다고 부단의 사연이 그 학생한테 뒤지는 건 아니었다. 태어나자마자 양쪽 부모에게 버림받고 할머니 손에 크다가 할머니의 임종을 혼자 지키고 상주 역할까지 한 사춘기 소년. 할머니가 좋아하던 트로트를 부르며 세상 하나밖에 없었던 혈육에 대한 그리움을 감당해오던 소년. 자신을 버렸지만 버린 사람을 찾기 위해 경연 방송에 나와 트로트를 부른다는 소년. 사연뿐만 아니라, 거액의 상금을 받게 되면 깡그리 기부하겠다는, 꿈을 이루는 데에 그런 큰돈은 필요 없다는 기가 찬 발언으로 꿈을 수단으로 써먹는 어른들을 향해 제대로 한 방 먹인 소년이었다. 이보다 가엾고 아린, 대차고 성숙한 소년의 사연이 어디 있겠는가. 실력 또한 초등학생 때부터 인정받아온 부단이었다. 마음만 먹으면 갯마을 중2 녀석쯤이야.

그러함에도 부단은 자신의 사연을 전부 밝히지는 않았다. 그저 돌아가신 할머니가 트로트를 좋아했다는 사연 정도만 고백하고 말을 아꼈다. 왜 솔직하게 다 얘기하지 않았냐고 동안이 물었을 때 부단은 말했다. 세 살이나 어린 친구와 치사하게 경쟁하고 싶지는 않다고. 일억이라는 상금이 걸린 대회에서 경쟁 상대의 나이를 의식하는 부단이 뭔가 생뚱하다는 생각이 들었던 동안은 아쉬움을 표현했다.

"초딩도 아니고 그래도 중학생인데. 그리고 경쟁하는 게 마땅한 상황이잖아."

부단이 대답했다.

"초딩이든 중딩이든 나보다 어린 녀석을 이기려고 발버둥 치긴 싫어."

동안은 오랜 친구가 낯설게 느껴졌다.

37

지니의 힘이 아니더라도 부단이 우승하지 말라는 법은 없었다. 동안은 부단의 노래 솜씨와 간절함을 믿었다. 어쩌면 실력보다 운이 더 작용하는 게 경연이기도 했다. 어차피 노래 좀 하는 사람들만 본선에 진출했을 테니까.

동안은 혼자 생방송을 틀어놓고 문자 투표에 참여했다. 부단은 끝까지 떨지 않는 것 같았다. 문자 투표 현황과 방청객들의 반응을 살피며 보고 있자니 손에 땀이 날 지경이었다. 부단이가 먼저 부르고 어린 녀석이 뒤에 불렀다. 동안은 걱정되었다. 이런 경연에서는 먼저 부르는 게 손해인데, 누가 순서를 짰는지 모르겠다. 모든 노래가 끝나고 오랫동안 광고가 이어졌다. 빌어먹을 방송국.

우승은 갯마을 중2 소년에게 돌아갔다. 소년에게는 상금 1억과 부상으로 쉐보레 말리부, 전속 가수 계약 혜택이 주어졌다. 준우승한 부단에게는 상금 3천만 원과 부상으로 삼성 노트북과 태블릿, 음원 발매 혜택이 주어졌다. 준우승에게 주어진 상금과 부상도 참가자들의 나이를 고려하면 엄청난 것이었다. 애초에 참가자들이 모두 미성년자인데도 부상으로 자동차를 선택한 주최 측에 잠깐 뭇매를 때리는 시청자도 있었지만, 아무래도 대회를 후원하는 업체를 주최 측에서 선택할 수는 없었을 테고, 어차피 상금이나 부상은 부모에게 돌아갈 것을 누구나 알고 있었다. 무엇보다 어린 도전자들에게는 실력을 인정받는 게 가장 중요한 일이었다.

부단이 준우승에 머물자 동안은 급격히 미안해졌다. 표면적으로는 거절했지만 속으로는 소원을 빌어주길 기대하지 않았을까, 하는 생각도 들었다. 아마 그건 아닐 것이다. 매사 가볍고 철없어 보이는 부단이지만 언제나 솔직했으니까. 때론 너무 솔직해서 놀랄 정도였으니까. 진짜 원했다면 부탁했을 것이다. 어쨌든 부단의 준우승은 모두에게 큰 아쉬움을 남긴 결과였다.

동안은 자신을 위한 소원도 빌어봤고, 세계의 안녕을 위한 소원도 빌어봤는데, 친구를 위한 소원은 못 빌었다는 게 끝내 개운하지 않았다. 사랑하는 사람의 행복을 위해 빌어야 하는 소원이 다른 사람의 불행을 전제한다면, 그런 식으로 행복이 왔다는 걸 사랑하는 사람이 알게 된다면, 그땐 가장 큰 걸 잃을지도 모른다는 생각이 들었다. 동안은 그게 두려웠다.

"아마 내가 우승했다면, 그게 내 실력으로 된 건지 혹시 지니의 힘인지 의심했을 거야. 그래서 나는 준우승한 게 너무 좋아. 당당히 실력으로 인정받았고 넌 누군가의 불행을 빌지 않았으니 마음의 빚이 없을 테고."

마지막 생방송이 끝난 후 통화하다가 부단이 한 말이다. 다행히 부단은 전혀 실망하지 않았고 상금보다는 오히려 부상에 더 관심이 많았다. 역시 특이했다. 그리고 도전하기 전보다 사뭇 진지해졌다. 노래에 더욱 진심이 된 것 같았다. 누군가의 불행을 바란다는 건 마음의 빚이라는 말이 동안에게 깊이 박혔다.

4부

인류의 평화를 위한 여정

38

바야흐로 여름방학이 시작되었다.

동안이 서울역에 도착했을 때 편의점 앞에 설아가 서 있었
고 편의점 안에서 토마토 주스를 손에 쥔 고은이 나오고 있
었다. 뒤이어 부단이 계단을 뛰어 올라왔다. 모두 보호자 없
이 처음 떠나는 여행이었고, 넷이서 처음 떠나는 여행이었고,
고은을 제외한 세 사람은 생애 처음 가는 부산이었다. 처음
겪는 모든 일은 한 시절의 소중한 추억이자 유래가 된다. 그
일정이 곧 시작되는 시점에서 네 사람은 설렘과 기대로 몹시
북받치고 있었다.

"나는 자유로운 몸이지만, 너희는 어떻게 허락받았어?"

부단이 묻자 동안과 설아가 동시에 서로를 쳐다보더니 설
아가 말했다.

"우리 아빠랑 동안이 엄마는 우리의 여행이 반가울걸? 용
돈 엄청 주더라."

동안이 키득거렸다.

"처음으로 효도하는구나. 고은이 넌?"

"나야 뭐. 큰아빠한테 가는 거니까. 그리고 아마 낯선 곳에
간다고 했어도 기꺼이 허락했을걸? 본인들이 자유롭게 사는

마당에 나를 옥쥘 수는 없지. 이참에 아빠 플렉스 톡톡히 받았고."

부단이는 고개를 끄덕이며 생각했다. 이 여정을 허락받아야 하는 할머니가 살아있었다면 어땠을까. 할머니는 새벽에 일어나 시금치를 가득 넣고 김밥을 쌌거나 달걀을 한 판 정도 삶았을 것이다. 크림빵 네 개를, 아니 여덟 개쯤 준비했을지도 모른다. 담뱃값 아낀 돈으로 차비를 건넸을 테고 끼니때마다 부단이의 전화를 기다리겠지. 밤이 되면 적적해서 소주한 병을 비운 후에야 잠들었을 것이다. 그런 할머니가 살아있었다면 부담이 되었을까, 걱정이 되었을까. 허락받을 사람이 없다는 건 좋은 걸까, 나쁜 걸까. 부단은 창밖을 내다보았다.

십 분 정도 지연된 기차가 드디어 출발했다. 네 자리를 묶어서 예약했지만, 두 사람씩 마주 보고 앉을 수 있는 자리였지만, 순방향으로 앉았다. 누구도 역행하며 가고 싶지 않았고모두 함께 같은 풍경을 보며 같은 기억을 공유하고 싶었다. 기차로 두 시간 남짓 걸리는 거리인 줄도 모르고 지금까지머나먼 지역이라고만 생각했었다. 열일곱이 되기 전까지는보호자 없이 여행 갈 생각조차 하지 못했고 부모님들도 선뜻허락하지 않았을지도 모른다. 무언가 조금씩 신뢰받는 것들이 늘어난다는 기분이 들었다.

동안은 무릎 사이에 끼워둔 배낭을 바라보았다. 그 속에 든 지니를 생각하니 마음이 복잡하고 무거웠다. 지니에게 아무 말도 하지 않았다. 마음이 약해질지도 모르니까. 지니는 지금 날벼락 같을 여정에 올랐다. 이건 분명 잘하는 짓이라고, 이 선택이 최선이라고 믿고 있지만, 지니를 버려두고 오는 길에는 또 어떤 마음이 들지 알 수 없었다. 살아보니 후회는 언제나 나중 일이었고 예감할 수 있는 마음은 별로 없었다. 그래서 마음이란 건 신중하게 써야 한다는 것을 지니를 만난 후에야 깨달았다.

생각에 잠긴 동안의 허벅지 위에 크림빵 하나가 던져졌다. 부단은 이미 빵을 입에 물고 있었다.

"나 부산에서 태어났다? 몰랐지?"

그 멀리서 태어나 한 살도 되기 전에 할머니가 사는 서울로 이송되었다고 했다. 이송이라니? 고은이 묻자, 부단이 피식 웃었다. 본인도 잘 모른다고. 어쨌든 꼭 한 번은 부산에 가보고 싶었다고 했다. 사연의 내막을 속속들이 묻기는 어려웠지만, 부단의 말을 엿들은 고은은 자신이 일석삼사조쯤 되는 현명한 제안을 한 것 같아 어깨가 으쓱했다.

동이 트기도 전에 일어나 아침 일찍부터 분주했던 네 사람

은 기차가 움직인 지 삼십 분도 되지 않아 곯아떨어졌다. 실내
는 시원했지만, 바깥은 삼복더위였다. 부산에서 어떤 일들이
벌어질지 짐작조차 하지 못하는 그들은 해맑은 표정으로 꿈
에 들었다. 기차는 열일곱의 우정과 일탈을 싣고 부지런히 달
렸다. 기차가 덜컹거릴 때마다 동안의 배낭이 움찔거렸다.

39

부산역은 생각보다 촌스럽지 않았다. 성장한 항구 도시쯤
으로 생각했는데, 부산역은 서울역과 별반 다르지 않아 신기
했다. 기차에서 내린 네 사람은 부산역에서 택시를 타기로 했
다. 다섯 명이 아니라서 얼마나 다행이냐고, 택시에 오른 부단
이가 말했다. 택시는 한 시간가량 움직여 목적지에 도착했다.

그들이 내린 곳은 외딴 주차장이었다. 흙바닥에 주차선을
밧줄로 구분해 놓은 것이 낯설고 이상했다. 여름의 부산은 사
람으로 활기가 넘칠 줄 알았는데, 도착한 곳은 생각보다 황량
했다. 멀찍이 나무로 만든 이정표가 있었는데, 이정표를 살펴
보던 설아가 화살표를 따라 고개를 올리더니 입을 쩍 벌렸다.
가파르고 위험해 보이는 오르막길이었다. 길이 문제라기보다
는 더운 날씨가 문제였다.

고은은 익숙한 듯 앞장서서 올랐고 부단이 그 뒤를, 동안이 그 뒤를, 설아가 그 뒤를 따랐다. 나중에 동안이 설아를 앞세우고 올랐다. 애초에 걱정했던 것과 달리 오를수록 펼쳐지는 부산 바다는 그야말로 장관이었고 틈틈이 사진을 찍느라 힘든 줄도 몰랐다. 돌계단에서 나무 계단으로 바뀌자 발바닥에서 낭만마저 느껴졌다. 가방 들어주기 내기를 걸고 유치한 묵찌빠도 해보았다. 여행 중에는 평소에 절대 하지 않는 유치한 놀이도 특별하고 재미있는 것 같았다. 여기에 빠질 수 없는 부단의 노랫가락에 힘을 얻어 네 사람은 정상에 다다랐다.

용한사에 도착하자 고은은 마중 나온 주지 스님과 마주보며 합장했다. 표정은 어색했지만 자세는 자연스러웠다. 나머지 셋도 고은을 따라 했다. 고은은 스님에게 친구들을 소개한 뒤, 집안 조상님들을 모시고 있다는 극락전 봉안당에 들어가 절을 하고 나왔다. 고은의 아빠가 현금과 신용카드를 건네며 일러둔 밑말, 일종의 조건을 이행한 것이었다. 그 사이 동안은 배낭에서 주전자를 꺼내어 지니에게 마지막 인사를 하려고 했다. 동안이 주전자를 다정하게 쓰다듬고 있는데도 지니는 모습을 드러내지 않았다. 다른 사람이 있기 때문일 수도 있지만, 현재 자신의 마음이 진심이기 때문이라고 동안은 생각했다.

"너를 보내는 건 인류의 평화를 위한 일이야."

동안을 지켜보던 부단이 주전자 주둥이에 얼굴을 들이대고 말했다.

"어이. 변태. 들리냐? 남의 불행을 빌게 하려면 좀 욕심 많고 양심 없는 사람한테 갔어야지."

그 말을 들은 동안은 낯 뜨거워 반박했다.

"그렇다고 내가 욕심 없는 사람은 아니지."

"너 욕심 없어. 양심은 바르고."

"왜 그래 진짜. 사람 무안하게."

"아주 반듯한 녀석이야."

동안은 끝나지 않을 것 같은 부단의 놀림을 차단하기 위해 법당 쪽으로 걸어갔다.

법당에 들어선 네 사람은 주지 스님을 기다렸다. 천주교 신자인 설아는 법당 안에 처음 들어와 보는 거여서 모든 게 신기했다. 정면에 놓인 불전의 웅장함에 기가 죽고, 벽을 에워싸고 있는 요란한 벽화와 바닥부터 천장까지 이어진 손바닥만한 불상들은 신비로울 따름이며, 천장에서 오밀조밀 흔들리는 색색의 연등은 천사의 움직임 같았다. 곡절 많은 중생의 한과 희망이 동시에 담겨 있을 그것들을 둘러보던 설아는 반드시 심리학과에 가겠다는 다짐을 뜬금없이 마음에 새겼다.

주지 스님이 법당 안에 들어서고 뒤이어 수족이 되어줄 공양주 보살 한 명이 뒤따라 들어왔다. 잿빛의 절복을 입은, 나이가 그렇게 많아 보이지는 않는 그녀는 네 명의 학생들을 향해 합장하며 허리를 굽혔고 넷은 허겁지겁 일어나 그 행동을 따라했다. 동안이 주전자를 그녀에게 전달했고 조심스럽게 주전자를 건네받은 보살은 웅장한 불전 앞에 올려놓았다.

황금색 방석 위에 자리 잡은 주지 스님은 천천히 목탁을 두드리기 시작했다. 고은으로부터 지니의 존재를 전해 듣고 한 치 의심도 하지 않았던, 고은이 태어났을 때부터 지켜봐 왔기에 익히 그 미더움을 신뢰했던 주지 스님은 생각보다 오래 불경을 독송하였고 알아듣는 이는 아무도 없었다. 불경과 목탁 소리, 향내, 그런 것들 때문인지 동안은 마음이 텅 비워지는 느낌을 받았다. 지니를 만나 벌어졌던 일들이 꿈이었던 가 싶기도 했다. 한낮에 엄마 무릎을 베고 잠든 어린아이의 꿈. 네 사람은 지니가 영원히 이 절에 머물러 세상 누구도 현혹하지 말기를 진심으로 빌었다.

40

점심을 먹기 위해 공양간으로 향하는 길에 부단이 동안의 어깨를 두어 번 가볍게 도닥였고 느낌 아는 동안은 고개를 끄덕였다. 이것이 최선이었다고 동안은 믿고 싶었다. 살다가 힘들 때면 지니가 그리워질지도 모르겠다. 설령 그런 날이 올지라도 오늘의 다짐과 기분을 잊지 말자고 자신에게 속삭였다.

공양간은 여느 일반 식당과 비슷했다. 현대식 아궁이와 가마솥, 통나무로 만든 식탁이 여러 개 있었다. 상상했던 것과는 달리 깔끔한 신식이었고 심지어 뷔페식이었다. 긴 여정에 허기가 진 네 사람은 하나씩 자리를 차지하는가 싶더니 가방만 내려놓고 접시와 수저를 손에 들었다.

커다란 밥솥에는 톳밥이, 더 커다란 냄비에는 시래깃국이 열을 식히는 중이었다. 반찬으로는 배추김치, 콩나물무침, 시금치나물, 오이소박이, 두부부침, 송이버섯볶음, 삶은 감자샐러드, 생브로콜리 등이 오목한 쟁반에 나열되어 있었다. 뭔가 가짓수는 많아 보였지만 절묘하게 고기나 생선류는 빠져 있었다.

부지런하고 솜씨 좋은 어느 집 주부가 정성껏 차려낸 집밥 같았다. 이런 식단을 먹어 본 사람은 부단이가 유일했다. 대문 곁에 있는 작은 공터를 텃밭으로 만들어 부지런히 식물을 키웠던 할머니는 매끼 무침이나 겉절이 같은 걸 만들어 상에 올렸고, 모유도 한번 배불리 먹지 못했던 부단은 젖니가 나면서부터 나물만은 배불리 먹으며 자랐다.

자신이 좋아하는 반찬들을 보고 반색하며 이것저것 접시에 퍼 나르는 부단과 달리 나머지 세 사람은 무엇을 접시에 옮겨야 할지 고민이었다. 배달 음식에 익숙한 설아, 편의점 식사가 편한 동안, 무엇보다 트리플 에이 한우 스테이크나 봉골레 파스타를 주식으로 먹고 살아온 고은. 감자샐러드와 생브로콜리는 고은을 위해 특별히 준비해 놓은 거였다. 고은은 감자샐러드를 최선을 다해 옮겨 담았다. 설아가 소꿉놀이하듯이 처음 보는 반찬들을 골고루 담는 걸 본 동안은 설아를 따라 이것저것 조금씩 먹어보기로 했다.

톳밥이라는 걸 처음 보고 처음 먹어보는 네 명의 서울 고딩들은 주지 스님을 따라 양념장을 밥에 올린 후 마른 김으로 싸서 입안에 넣었다. 나쁘진 않았지만 좋은 것도 모르겠는 동안, 설아, 고은.

부단은 달랐다. 바다 향이 나는 톳의 알갱이 하나하나가 그리움의 조각처럼 목구멍을 간지럽혔다. 부단이 입안 가득 톳밥을 집어넣고 눈을 감은 채 부산에서 성장했을 뻔한 비틀린 운명을 곱씹고 있을 때, 송이버섯이 그냥 송이버섯이 아니라 고은의 아빠가 보낸, 부르는 게 몸값인 자연산 송이버섯이라는 주지 스님의 말이 밥상 위에 퍼졌다. 부단은 일 초의 망설임도 없이 일어나 송이버섯 볶음이 있는 곳으로 갔다.

"야! 왕부단! 내 것도!"

동안의 말에 멀찍이 떨어져 식사하던 다른 스님과 보살들이 쳐다보았다. 동안은 공양간에서 목소리를 너무 크게 낸 것이 미안해서 멋쩍게 웃었다.

어디서 본 건 있는 설아가 고은을 향해 그릇을 헹궈야 하느냐고 물었고, 발우공양을 아는 설아가 기특한 주지 스님은 편하게 먹고 빈 그릇만 개수대에 옮겨놓으라고 말했다. 식사를 마친 네 사람은 빈 그릇을 정리한 후 공양간 밖으로 나왔다.

"우리 이제 어디 가?"

부단이 잔뜩 부른 배를 문지르며 물었고 먼 바다를 바라보던 고은이 대답했다.

"이번 여행의 목적을 달성했으니 이제 놀아야지!"

"앗싸. 어디서?"

"어디긴 어디야. 당연히 해수욕장이지!"

부단은 신이 나서 풍선 인형처럼 춤을 추었고 그걸 본 세 사람은 냉정하게 돌아섰다.

　네 사람은 합장 후 스님께 인사를 드리고 가파른 절벽 아래 계단으로 향했다. 그때, 지니를 불전에 옮겨 놓았던 보살님이 공양간에서 나와 고은에게 무언가 전달했다. 도시락이었다.

　"가는 길이 험해요. 저 친구가 송이버섯 볶음을 잘 먹길래 간단하게 덮밥을 만들었어요."

　"아, 부단이요? 쟤는 뭐든 잘 먹어요. 감사합니다."

　고은의 말에 부단이가 다가와 배꼽 인사를 했고,

　"잘 먹겠습니다."

　미소가 번진 얼굴로 그녀가 말했다.

　"잘 먹어줘서 고마워요. 다들 조심해서 돌아가요."

　네 사람은 가파른 계단 아래로 발을 옮겼다. 내려가는 건 훨씬 쉬울 거라 생각했다. 사방에 바다가 보였고 햇볕은 강렬했고 속은 후련했다. 두어 계단 내려가던 동안은 잠시 법당 쪽을 돌아보았다.

　잘 있어.

41

비포장 길이 나오기 전까지는 내려가는 내내 즐거웠다. 부단은 어김없이 트로트를 불렀다. 흥이 오른 네 사람은 해수욕장을 상상하며 들뜬 상태였다. 어느 정도였냐면, 세상 점잖은 고은이 부단의 노래에 추임새를 집어넣고 있었다. 물론 자신도 모르게 튀어나온 본능적인 반응이었는데,

"서울, 대전, 대구, 부산, 찍고."라며 부단이 노래했을 때,

"아하!" 하고 튀어나온 추임새.

아주 작은 목소리였지만 고은의 입에서 나온 가락은 모두를 폭소하게 했고, 그에 민망해진 고은은 우리 진짜 대전도 가고 대구도 가보자는 말로 그 순간을 모면하려 했다. 그러나 두고두고 놀려 먹을 수 있는 귀한 기억을 그냥 덮고 넘어갈 친구들이 아니었다.

"고은 양. 그런 노래는 어디서 들었어? 완전 자동으로 나오네?"

웃음을 매단 설아의 질문에 고은은 대답하지 않고 앞질러 가려고 했으나 가파른 계단에서 생각만큼 앞서가긴 힘들었다. 동안이 긴 다리로 훌쩍 고은 옆으로 다가가 질문을 이었다.

"너 원래 트로트 좋아하지? 사실대로 말해봐. 팝이나 재즈만 듣는 줄 알았더니, 혼자 있을 때는 트로트 듣지?"

그때였다.

십 년 동안 고은과 단짝이었지만 이런 모습을 단 한 번도 본 적이 없었던 설아가 동안과 편 먹고 고은을 더 놀려주기 위해 급하게 발을 딛다가 계단에서 구르고 말았다. 다행히 계단 언저리마다 제법 넓은 틈이 있어서 금방 멈추었다. 큰 사고는 피했지만, 곧 비포장 비탈길이 나올 차례였으므로 아찔한 순간이 아닐 수 없었다.

동안이 달려가 설아를 일으켜 세웠다. 양쪽 무릎과 왼쪽 팔꿈치에서 피가 나고 있었다. 고은이 가방 속에서 물티슈를 꺼내어 급한 대로 피를 닦고 지혈했다. 다친 몸으로 걸어가기엔 무리인 내리막길이었다. 동안과 부단이 양쪽에서 설아의 팔을 붙들었다. 설아의 가방은 고은에게 넘겨졌다. 한 시간이면 대로변까지 내려갈 수 있는 길을 두 시간 넘게 지체하고 말았다. 미안해하는 설아를 위해 고은이 뚱딴지같은 고백을 했다.

"얘들아. 사실은 나……"

모두 귀를 쫑긋 세웠다.

"나…… 트로트 좋아해."

웃느라 팔다리에 힘이 빠진 세 사람은 결국 계단에 주저앉았다. 그렇게 한참을 웃었고, 생전 사람을 웃겨 본 적 없었던 고은은 썩 만족스러웠다.

42

택시를 타고 제일 가까운 약국에 내려 설아의 상처를 치료한 후, 넷은 지하철로 향했다. 너무나 단조로운 부산 지하철 노선에 깜짝 놀란 그들은 서울이 얼마나 복잡하고 넓은지 새삼 깨달았다. 해운대역에 내려서 해수욕장까지 걸어가는 동안 다시 한번 놀란 이유는 인파 때문이었다. 서울에서 보던 인산인해와는 완전 달랐다. 모두 자유분방하고 여유로워 보였다.

막상 그렇게 원하던 해수욕장에 왔지만, 누구도 바다에 들어가고 싶진 않았다. 백사장은 데일 듯 뜨거웠고 인파는 생각보다 심각했으며 비싼 대여료를 감당하려고 해도 남은 파라솔이 없었다. 해수욕장은 눈요기만 하고 해안가를 걸었다. 각종 게임을 파는 가게가 즐비했다.

"우리 뭐 하나씩 할까?"

고은이 지갑을 꺼내며 제안하자 부단이 선수를 쳤다.

"해운대에서는 내가 쏜다. 나 준우승한 사람이야."

여행 가기 전에 여행 경비를 걷자는 설아의 말을 거절한 건 부단이었다. 그동안 친구들에게 받았던 마음들을 갚고 싶었다. 중학교 다니면서 내내 동안한테 얻어먹었고, 고은이 부자 아빠를 둔 덕분에 좋은 추억도 갖게 되었고, 설아는 경연 시작부터 끝까지 전교생들에게 문자 투표를 권했다. 상금을 받자마자 한턱내려고 했었는데 상금이 방학 하루 전날에 입금되는 바람에 기회가 없었던 것이다.

"그 어려운 대회에서 준우승한 친구를 두었는데, 여행에서 이 정도 플렉스는 해줘야 하지 않겠어?"

게임은 풍선 터트리기가 제일 많았고 사격이나 뽑기 등이 줄줄이 있었다. 한 번도 해본 적 없었지만, 다들 승부욕 하나는 끝내주는 고딩이었다. 고은은 풍선 터트리기를 해서 돈만 날렸다. 다리를 다친 설아는 쭈그리고 앉아 달고나 뽑기를 하다가 돈만 날렸다. 동안은 사격을 하겠다고 총을 들더니 돈만 날렸다. 때마침 노래자랑을 곧 시작한다는 멘트가 어디선가 들렸고 부단이 눈을 동그랗게 뜨며 두리번거리자 돈만 날린 세 사람은 부단의 등을 떠밀어 식당가로 향했다.

"뭐 먹을까?"

"부산이면 회를 먹어야지."

"야, 우리끼리 회 먹기엔 좀 그렇지 않아?"

"뭐가 그래. 음식이고 식당인데."

"나는 회 좋아."

"여름에는 회 먹는 거 아니래."

"누가 그래?"

"우리 할머니가."

"그럼 회는 먹지 말자."

"더운데 냉면 콜?"

기다리는 줄이 가장 긴 냉면집 앞에서 기어이 줄을 섰다가 이른 저녁으로 냉면을 먹었다. 이번에도 계산은 부단이가 했고, 고은은 아빠 카드를 쓰지 못해 안타까워했다. 아이스 아메리카노를 한 잔씩 손에 들고 다시 해운대 해변을 걸었다. 서울에서 있었던 고민들이 하나도 기억나지 않을 만큼 정신없이 뜨겁고 즐거웠다.

43

고은네 별장은 지니 주전자를 처리한 용한사 근처에 있었다. 예상은 했지만, 별장이라고 하기엔 생각보다 근사했다. 잘 관리된 넓은 잔디밭과 동그랗게 전지된 나무들. 하얀색 벽에 검은색 창틀. 2층 건물은 깔끔하고 고급스러웠다. 무엇보다 전망이 끝내줬다. 거실에서 부산 바다를 한없이 즐길 수 있었다.

층마다 방이 두 개씩이라 모두 각방을 사용할 수 있었지만, 설아와 고은이 1층 큰방에서 함께 자고 동안과 부단이 2

층 큰방에서 함께 자기로 했다. 네 사람 모두 지금까지 줄곧 혼자 잤으니 여행에서는 함께 자는 게 좋겠다는 설아의 의견에 전원 동의한 때문이었다. 내일은 송도에 가서 해상 케이블카를 타자는 의견도 설아한테서 나왔고 또한 전원 동의했다.

모두 씻고 나와 거실에 모였다. 고은이 냉장고를 열자 부단이 쫓아와 냉장고 속으로 고개를 들이밀었다. 음식들이 미어터지게 들어있었다. 가장 눈에 띄는 건 냉장고 한가운데에 들어있는 회였다. 랩으로 휘감은 커다란 접시에 갖은 종류의 회들이 가지런히 플레이팅되어 있었다. 고은과 부단, 두 사람은 냉장고 문을 연 채로 마주보았다. 무언의 작당을 모의하며 함께 고개를 끄덕였다. 고은이 회를 꺼내어 거실로 가져왔다. 접시 크기를 보고 설아는 깜짝 놀랐다.

"이게 어디서 났어?"

"별장 관리인한테 아빠가 전화한 모양이야."

"이걸 먹겠다고?"

"먹어야지. 먹으라고 둔 건데. 뭔지는 몰라도 제일 비싼 회일 거야."

이윽고 부단이 테이블 위에 슬그머니 올려놓는 긴 술이었다. 뚜껑에 금색 테두리를 두른 술병 속에는 딱 봐도 귀해 보이는 산삼 같은 게 들어있었다.

"아!"

설아가 소리치자,

"뭐!"

부단이 뚜껑을 열며 반격했고,

"너 혹시 술 안 마셔 본 건 아니지?"

고은이 능청을 떨었지만, 고은도 술을 마신 적은 없었다. 반응을 지켜보던 동안은 설아 앞에 있는 잔에 생수를 따라주면서 말했다.

"넌 다쳤으니까 마시지 마."

곧이어 부단과 고은이 김샌다는 표정으로 남은 세 개의 잔에 술을 따르자 생수를 한입에 털어 넣은 설아가 빈 잔을 내밀었다. 부단은 신난 표정으로 설아의 잔에 술을 따랐다. 네 사람은 술이 담긴 잔을 높이 들었고 누가 나서주길 바랐다. 결국, 부단이 나섰다.

"지니를 위하여!"

술은 생각보다 쓰고 맛이 없었다. 설아는 속이 불에 타는 것 같았고 고은은 인상을 찌푸렸다. 부단은 캬-아 소리를 냈지만 할머니와 마시던 막걸리보다 맛이 없었다. 동안은 술에 취한 마주공이 떠올라서 기분 별로였다. 네 사람은 술잔을 가운데로 밀쳐놓고 젓가락을 들었다.

나중에 어른이 되어서 술에 익숙해지거나 취하는 게 별 것 아닌 나이가 되면 반드시 떠오를 여름밤. 살면서 결코 잊지 못하는 기억들은 전부 첫 경험이라는 걸, 사랑도 시련도 도전도 처음은 잊을 수 없다는 걸, 설아를 바라보는 동안의 눈빛이 말해주고 있었다. 한 잔에서 더 나아가지 못한 채 주절주절 수다를 떨고 있는 이 밤, 이 밤을 이미 그리워하고 있는 듯 동안은 눈동자가 빨갛게 달아올랐다.

"마동안. 한 잔 먹고 취했냐?"

부단의 말에 눈을 부릅뜬 동안은,

"내가 누구 아들인데!"

남은 술을 마신 후 두 번째 잔을 내밀었고,

"야. 술은 재미없어. 뭐 할까? 게임 할까?"

고은의 말에,

"게임은 밤새 해도 모자랄 만큼 많지."

부단이 대답했다.

유치하게 진실 게임 같은 건 하지 말자고 고은이 선수를 쳤지만, 동안은 그런 게 제일 하고 싶었다. 설아도 싫지 않은 눈치였고 부단도 딱히 거부하지는 않겠다는 의지가 보였다. 진실 게임 대신 고백 게임을 하기로 했다.

룰은 하나다. 다른 친구들 모두가 몰랐던 고백을 해야 하

는 게임이다. 게임이 끝난 후에는 고백에 관한 언급은 금지
다. 한 사람이라도 알고 있는 사실을 고백하면 벌금 천 원. 원
래는 벌칙을 정하는데, 때리기엔 유치하고 노래는 부단에게
벌칙이 아니고 춤을 추기엔 설아가 다쳤으니까 쌈박하게 벌
금으로 하기로 했다. 가위바위보에서 진 설아부터 시작되었
다.

"사실은 아빠가 돈을 못 벌어서 이혼한 게 아니라, 우리 엄
마가 바람피워서 그렇게 됐어. 그 상대는 엄마의 첫사랑."

진짜? 헐. 세상에. 아무도 몰랐던 고백이었다. 통과. 다음은
고은이.

"나한테 동생이 있어. 미국 이모 집에. 발달 장애라서 우리
엄마 아빠가 미국에 보냈는데, 치료는 빌미였고 결과적으로
버린 거나 마찬가지야. 동생이 태어나고부터 둘 사이가 이렇
게 된 것 같아. 나는 그 애가 기억나지 않아."

아…… 숙연해졌다. 역시 아무도 몰랐던 고백이었다. 단짝
인 설아는 좀 섭섭했지만 이해할 만한 일이었다. 통과. 다음
은 왕부단.

"나 사실은 크림빵이 너무 싫어. 어릴 때부터 싫었어. 너무
너무 싫었어. 할머니 몰래 토한 적도 많아. 할머니 살아 계실
때는 할머니 때문에 억지로 먹었는데, 할머니 돌아가시고 나

니까 할머니가 그리워서 먹어."

그랬구나. 아이고. 네 사람 모두 누군가를 떠나보내야 했던 경험이 있다. 그래서 느낌은 알겠는데, 누군가가 그리워서 싫어하는 음식을 억지로 먹는다는 게 이해되지는 않았다. 어쨌든 아무도 몰랐던 사실. 통과. 이제 마동안 차례.

"나 공군사관학교 안 가려고. 사실은 작가가 되고 싶어. 소설을 쓰고 싶은 것 같아."

동안의 말이 떨어지기 무섭게 셋이서 손바닥을 내밀었다. 영문을 모르는 동안이 어깨를 씰룩거리자, 다들 벌금 내놓으라고 성화였다.

"알고 있었어? 나는 말한 적 없는데?"

"응. 여기 그거 모르는 사람 아무도 없으니까 천 원 내고 다른 고백이나 해."

동안은 슬그머니 탁자 위에 천 원을 올려놓았다. 그러고 보니, 동안의 책가방 속에는 늘 소설책이 들어있었다. 국어 시간이면 눈이 말똥해져서 질문 세례를 퍼붓기도 했다. 언젠가 작문 과제가 나왔을 때, 동안은 짧은 소설을 써서 칭찬을 받았다. 국어 선생님이 글에 재능이 있다고 한 말에 동안은 오랫동안 과하게 기뻐하며 자랑했었다. 그 모든 걸 종합하여 짐작하고 있었으면서 지금까지 아무도 물어보지 않았다니.

무심함인지, 배려인지.

그나저나 무슨 고백을 해야 할까. 앞서 세 사람이 했던 고백만큼 엄청난 비밀은 하나밖에 없었다. 설아에게는 평생 숨기고 싶었고 자신도 잊고 싶었던 비밀. 이제는 설아가 알아도 상관없을 것 같았다. 혼자만의 비밀에서 해방되고 싶기도 했다.

"아빠가 마지막으로 집에 왔던 날…… 지니한테…… 아빠가 사라지게 해달라고 빌었어. 바다에서 돌아오지 않게 해달라고……."

모두 놀란 눈으로 동안을 쳐다보았다.

"내가…… 아빠를 죽게 했어."

술기운으로 충혈된 줄 알았던 동안의 눈에서 눈물이 쏟아지더니, 끝내 어깨를 들썩이며 울기 시작했다. 이내 한 명씩 따라 울었고, 어느새 다 같이 엉엉 울고 있었다. 서로를 쳐다보면서 다독이며 울었다. 이제 겨우 십칠 년째 살고 있지만, 살아온 기간이 상처의 종류를 선별해 주지는 않았다. 누군 이별이 뭔지 알았고, 누군 죽음이 뭔지 알았다. 그 누구도 상처로부터 보호해주지 못했다. 마음에 생채기가 쌓여서 반항이라는 미명으로 표출되기도 했다. 오직 자신만 아는 방식이었다. 어른들은 그저 사춘기라고 치부하는.

먼 바다 하늘 위로 화려한 폭죽이 터지기 시작했다.

44

아침 일찍부터 송도 해수욕장으로 나설 준비에 부산했다. 씻고 머리카락 말리고 옷 고르느라 이래저래 바쁜 친구들을 불러 모은 건 고은이었다. 주지 스님한테서 온 전화 때문이었다. 어제 만난 공양주 보살이 주전자 사연을 궁금해하기에 말해주었더니, 용왕신께 제물로 바치는 것이 어떻겠냐는 제안을 했다는 것이었다. 네 사람의 의견을 묻기 위해 이른 아침 전화했다고 말하며 고은은 다음과 같이 설명했다.

"그 절에서 가끔 그런 행사를 한대. 나라에 몹시 나쁜 기운이 돌거나 어느 집안에 큰 불운이 닥쳤을 때, 절벽 *끄트머리*에 있는 천사굴 법당에서 아래로 재물을 던져 용왕신께 바치면 액운이 물러간다고. 미신이겠지만 어떻게 생각해?"

설아가 제일 먼저 대답했다.

"괜찮을 것 같은데? 사실 어제 보니까 그 절에 아주 사람이 없는 것 같지는 않더라고. 손을 탈 수도 있잖아."

부단이 눈썹을 씰룩거리며 말했다.

"좋은데? 거기서 던지면 게임 끝일 듯."

"동안아, 네 생각이 제일 중요해."

고은이 동안을 쳐다보며 묻자 동안은 잠깐 뜸을 들였다.

마동안도 바다에서 돌아오지 않았는데, 그게 단순한 사고가 아니라 자신이 빌었던 소원 때문이었는데, 지니까지 수장하는 게 좀 마음에 걸렸다. 그렇다고 절에 두는 것도 완전히 마음 편한 결정은 아니었다. 아무에게도 말하지 않았지만, 동안은 다섯 가지 소원을 이미 빌었다. 어차피 지니는 자신에게 돌아오지 않을 거였다.

마지막 소원을 빌면서 동안은 내내 이런 생각을 했었다. 차라리 지니를 집에 두고 마지막 소원을 평생 빌지 않는 편이 낫지 않을까. 굳은 의지만 있으면, 바른 양심만 있으면 가능한 일 아닐까. 자신을 믿지 못하기 때문에 지니를 없애려는 건 아닐까 하는 마음들. 그러나 동안은 이별하고 싶었다. 지니에게서 벗어나고 싶은 마음이 간절했다. 만약에 바다에 던져서 정말 제물이 된다면, 일상이 바로 잡힐지도 모른다는 기대 같은 것도 들었다. 다른 사람도 아니고 스님이, 다른 곳도 아니고 절에서 하는 거니까.

"어차피 지니를 만난 것 자체가 미신보다 더 말도 안 되는 일이었어. 스님이 추천하는 거라면 하는 게 좋지 않을까?"

"그래. 그럼 바로 스님한테 전화할게. 너희는 나갈 준비 하고 있어."

45

동안과 부단만이 다시 절을 향해 걸었다. 설아는 다쳐서 거기까지 움직이기 위험했고 설아 혼자 있을 수는 없으니까 고은이 남기로 한 거였다. 지니가 동안의 책임만 아니었다면 고은 대신 동안이 남고 싶었다. 그러나 지니의 마지막은 동안이 확인해야 했다.

두 사람은 주지 스님과 공양주 보살을 따라 천사굴 쪽으로 향했다. 진짜 동굴이었다. 아슬아슬한 절벽이 아래로 펼쳐지고 그 끝에는 거센 파도가 벽을 때리는, 뭔가 신화적인 일이 벌어질 것만 같은 동굴. 그리 깊지 않은 동굴 속에는 작지만 싸늘한 기운이 느껴지는 법당이 있었다.

동안과 부단은 스님을 따라 법당 안으로 들어갔다. 스님은 경건하게 초에 불을 밝힌 후 염불을 시작했다. 작은 불상 앞에는 지니의 주전자가 놓여있었다. 동안은 지니를 하루 만에 다시 볼 줄은 몰랐다. 이젠 정말 다시 볼 일이 없겠지. 마주공한테 했던 것처럼 너도 아주 깊은 바닷속에서 잠들었으면 좋겠다고, 동안은 빌었다.

기도를 마친 스님이 주전자를 들고 절벽 가까이 다가갔다. 잠시 후 주전자는, 그러니까 지니는 1초도 부양하지 못하고 바닷속으로 추락했다. 스님의 목소리와 목탁 소리가 동시에 고조되었다. 어제 들었던 것과 매우 달랐다. 주전자를 제물로 바친 후에도 한동안 스님의 기도는 지속되었다. 바람 한 점 없었던 어제와 달리 오싹한 바람이 동안의 머리카락을 스치고 지나갔다. 그렇게 지니와의 인연은 완벽하게 끝이 났다.

46

간밤에 먹은 음식들이 탈이 난 모양인지 부단은 화장실에 들락거렸다. 그 사이 공양주 보살이 동안을 불렀다. 그녀는 대뜸 지니의 존재를 믿는다고 말했다. 아니면 일어날 수 없는 일들이 일어나고 있다고. 그게 무슨 말이냐고 동안이 묻자, 그녀는 에두르며 말했다.

"누구보다 잘 알고 있지 않아요? 동안 군이 소원을 빌었던 거죠?"

동안은 그제야 번뜩 떠오르는 게 있었다.

"설마?"

그녀는 고개를 끄덕이더니 말했다.

"저는 원래 이 절에 상주하는 사람이 아닙니다. 저 산 건너에 있는 암자에 있어요. 어제 하루를 부탁한다는 연락을 받았는데, 그런 일은 십칠 년만에 처음이었어요."

"보자마자 알아보셨어요?"

"아뇨. 그저 누군가와 닮았다는 생각은 했어요. 첫돌이 되기도 전에 헤어졌는데 무슨 수로 알아보겠어요. 공양간에서 왕부단이라는 이름을 듣고서야 알았어요."

버렸다는 표현은 쓰지 않았다. 헤어졌다고 말했다. 그런 태도가 마음에 들지 않았다. 변명이라도 할 셈인가? 동안은 그녀에게 이제 어쩔 생각이냐고 물었다. 할머니도 돌아가시고 부단은 혈혈단신이 되었는데, 그렇다고 지금이 썩 불행해 보이지도 않았다. 그다지 엄마가 필요한 나이도 아니었고. 동안은 그녀의 생각이 궁금했다.

"다시는 만날 일 없을 거라서 꼭 해주고 싶은 말이 있어요. 적당한 때를 봐서 부단이에게 전해줄래요?"

긴 세월 동안 너무나 전하고 싶었던 말이었다고 했다. 이 말만은 하고 죽어야 한다고 생각했었는데 이렇게 기회가 생겼다고. 기회? 동안은 불안했다. 지니가 잘못 판단한 게 아닌가 싶었다. 역시 자식까지 버린 사람은 죄책감이 없는 건가? 그런데 지니가 실수할 리가 없었다. 좌천된 주제에.

그녀는 이야기를 시작했다. 사연에는 반전이 있었고 그 내용은 충격이었다. 동안은 아무 말도 하지 못했다. 거짓말일리 없는 이 얘기들을 부단이에게 어떻게 전할지 걱정이었다. 부단이가 화장실에서 걸어 나오고 있었고, 그녀는 속삭이듯 마지막 말을 했다.

"지금은 아무 말 하지 말아요."

"왜요?"

"그러는 게 좋아요. 그리고 고마워요. 내 불행을 빌어줘서. 예상대로 저는 불행해질 거예요. 지금까지도 그랬지만, 지금까지 그랬던 것보다 더."

그녀가 예상한 대로였다. 부단의 결승전 우승 대신에 지니에게 빌었던 마지막 소원이었다.

급하게 그녀는 돌아서고 부단이 다가왔다. 그녀가 전하고 싶다는 내용을 몽땅 전해 들은 동안은 넋이 나간 상태였다. 동안은 그녀의 눈동자를 보고 알았다. 이 사람은 정말 지금까지 불행했었구나. 그런데 앞으로 더 불행하겠구나. 동안은 자신이 과연 잘한 짓인지 또 죄책감이 생기려고 했다.

부단이에게 엄마를 만나게 해주고 싶다고 말했을 때, 지니가 동안에게 물었다. 그럼 누가 불행해지는 거냐고. 동안은 곰곰 생각했다. 아무도 불행해지지 않는 건가? 두 사람 모두 행복해질까? 방송까지 출연하는 걸 보면 일단 부단이는 만나고 싶어 하는 것 같은데, 부단의 엄마 입장이 어떨지 알 수 없었다. 자식을 만나면 엄마도 당연히 행복하지 않을까 생각하다가 이내 동안의 생각은 바뀌었다.

어쩌면 엄마는 불행해질 수도 있겠다는 판단이 선 것이다. 두 사람이 어쩔 수 없이 헤어진 게 아니라 엄마가 젖먹이 자식을 버렸기 때문이었다. 부모가 자식을 잊고 살 수 있는지는 모르겠지만, 만약에 잊어버리거나 저 깊이 묻어둔 채 죄책감에서 벗어나 살고 있다면, 그렇다면 두 사람이 만나는 것이 불행의 시작일지도 모른다는 생각에 이른 것이다.

"부단이의 엄마가 불행하게 해 줘. 부단이가 엄마를 만나는 방법으로 고민해 줘. 우리-두, 지니."

말하면서 좀 불편했지만, 꼭 한 번은 만나게 해주고 싶었다. 동안의 소원을 접수한 지니는 그 소원이 부단의 엄마를 불행하게 할지 상부에 알아보고 처리하겠다고 했었다. 까맣게 잊어버리고 있었던 동안은 귓불 아래로 소름이 돋았다.

저기 자기 아들을 애써 외면한 채 걸어가는 여자가 있다. 앞으로 더 불행해질 일만 남은 여자. 얼마든지 불행해지려는 여자. 지니는 어떻게 이런 방법으로 소원을 들어주는 걸까. 생각해 보니 이런 식이 아니면 못 만날 곳에 있기는 했다. 지니는 정말 누구보다 창의적이고 끝까지 약속을 지켰다. 어쩌면 이 소원을 빈 건 후회하지 않을 것 같았다.

동안은 절벽 아래 하얀 파도를 쳐다보며 중얼거렸다.

'고맙다. 지니.'

47

네 사람은 송도 송림 공원에 도착했다. 예상대로 사람이 터져 나갈 듯이 많았다. 해상 케이블카를 타기 위해 긴 줄을 서야만 했다. 바닥이 막혀 있는 캐빈과 바닥이 투명하게 다드러난 캐빈 중에 선택해야 했는데, 역시 시시한 건 싫어하는 네 사람은 모두 바닥이 투명한 크리스털 크루즈를 선택했다.

왕복 1인당 2만 원이나 하는 가격을 본 설아가 할인되는 자격을 꼼꼼히 살펴보고 있었다. 20명 단체도 아니고, 만65세 경로도 아니고, 국가 유공자나 장애인도 아니고, 다자녀 가족도 아니고, 부산 시민도 아니고, 영유아도 아니어서 아무런 할인 혜택도 받을 수가 없다는 사실에 실망한 설아가 말했다.

"어쩜 우리는 낄 수 있는 데가 없니? 솔직히 우리가 가장 혜택을 받아야 하는 나이 아니야? 앞으로 결혼도 할 테고 애들을 몇 명이나 낳을지도 모르는데, 미래의 고객을 푸대접하네."

설아의 말에 가격표를 올려다보던 동안과 부단이 양쪽에서 설아의 어깨에 손을 올렸다. 부당함을 겪는 나이라는 걸 이제야 알았냐는 듯이.

"얘들아, 가자."

돌아보니 고은이 표 네 장을 부채처럼 펼쳐 흔들고 있었다.

"고은 양. 동의도 받지 않고 네 장 전부 네가 산 거야?"

"응. 아빠 카드 썼어. 부자 아빠 둬서 뭐하겠니. 왜. 불만 있어?"

부단이 고은 손에서 표 한 장을 뽑아 들며,

"좋아. 자주 써."

다음으로 동안이 다른 한 장을 뽑아 들며,

"불만 없어."

마지막 남은 두 장을 고은이 계속 흔들었고, 하는 수 없었던 설아는 그중 한 장을 뽑아 들며,

"고마워."

그제야 활짝 웃던 고은이 앞장섰고 네 사람은 케이블카에 올랐다.

바닥이 투명하다 보니 예상대로 스릴 만점이었다. 목덜미에 소름이 돋기도 하고 다리가 후들거리기도 했지만 다들 아무렇지도 않은 척 바다 전망을 만끽했다. 바다 한가운데에서 위태롭게 흔들리며 이동하는 좁은 케이블카. 마치 목숨을 담보로 우정을 나누는 전우가 된 기분이었다. 어쩌면 이 시절

마지막 여행이 될 수도 있는 지금 이 순간을 내내 기억하고 싶은 건 모두 마찬가지였다.

한여름 아니랄까 봐 갑자기 소나기가 내렸다. 먼 해변에서 사람들이 비를 피해 뛰어가고 있었다. 비는 위에서 내리고 투명한 크루즈 바닥에서 한번 숨을 고르다가 바다 수면 위로 다시 뛰어내렸다.

"와! 죽인다."

"너무 좋아."

"낭만 있는데?"

"예쁘다, 부산."

이윽고 말은 사라지고 저마다 창밖을 바라보며 생각에 잠겼다. 그 생각의 종류들은 달랐지만 어쩌면 수십 년 후에는 하지 않을 고민인 것 같았다. 행복과 불행의 상관관계에 대해, 사랑과 우정의 간극에 대해, 부모와 자식 간의 선에 대해, 어쩔 수 없이 보내야 하는 것들에 대해. 중요한 건, 대학이나 성적에 관한 생각을 한 사람은 아무도 없었다는 것. 여행이, 바다가, 친구가 그래서 소중하다는 걸 이 작은 케이블카 안에서 깨달은 동안은 지니가 자신에게 찾아온 이유를 생각하는 중이었다.

종착점인 암남공원에 도착했을 때 모두를 유혹한 것은 타임캡슐이었다. 2년 후에 열어볼 수 있다는 타임캡슐을 하나

씩 소장한 채 전망대에 올랐다. 그새 비는 그쳤고 모멘트 캡
슐이라는 커다란 조형물 속에 각자의 꿈이나 소망을 쓴 타임
캡슐을 집어넣었다. 오픈 예정일이 2년이 아니라 10년이었다
면 아마 하지 않았을 것이다. 고3 여름방학 때 다시 와서 확
인하자던 설아의 말에 모두 흥분하고 설레었다. 입시 전쟁터
에 나가기 직전 뜻깊은 추억이 될 것 같았고 진로를 결정하
는 데에도 도움이 될지 몰랐다.

타임캡슐이 남산타워에도 있다는 걸 네 사람 다 알고 있었
지만, 막상 서울 사람은 남산타워 갈 일이 딱히 없는 게 현실
이었고, 암남공원이 남산타워보다 가격이 저렴했다. 무엇보
다 2년 뒤에 다시 부산으로 여행 올 빌미가 생기는 것이었다.
예상치 못했던 이벤트였다.

아무도 타임캡슐의 내용을 묻지 않았다. 그건 초딩도 안
하는 유치한 질문이었다. 그저 서로의 바람이 이루어지길, 그
전에 본인의 바람부터 이루어지길 기도하며 일정을 마무리
했다. 저녁 식사 대신 소떡소떡이나 핫바 하나씩 입에 물고
숙소로 돌아가는 길. 각자의 꿈과 소원을 부산 바다에 남겨두
고 현실로 돌아가야 하는 마지막 밤. 열대야는 서울이든 부산
이든 가리지 않았고 고은네 별장에는 밤새도록 에어컨이 빵
빵하게 돌아갔다.

5부

지니, 너 없는 동안

48

여름방학이 끝나고 2학기가 시작되었다. 너무나 많은 일이 벌어졌던 방학이었고 그 일들은 결국 추억으로 남을 것이다. 그럴 거라고, 설아가 말했다.

열일곱의 2학기는 사실상 입시 준비의 시작이다. 대학 생각이 전혀 없는 부단이는 잘 다니던 학원을 그만 다니겠다고 선언했다. 그 시간에 노래 한 곡 더 연습하는 게 현명한 일이라며. 선언까지 할 일은 아니었지만, 친구들의 지지와 응원이 필요했을지도 모른다. 동안은 예전보다 더 다양한 책을 읽었다. 동안에게는 일종의 입시 준비와 같았다. 실기 준비를 위해서 작법도 익히고 습작도 해야 했지만, 아직 한 글자도 쓰지는 못했다. 어떤 책을 읽으면서 완벽하다고 느껴지는 서사나 경이로운 문장들을 만날 때면 글을 쓰고 싶은 욕구를 느꼈다. 그러나 시작할 용기가 나지 않았다. 설아는 막대 사탕을 입에 물고 부지런히 학교와 학원을 오갔다. 반항심 없는 고은은 얌전히 고액 과외를 받는 조건으로 천체망원경을 선물 받았다. 아마 네 사람이 대전과 대구를 접수하는 일은 없을 것이다. 많이 바빠질 테고 불같이 치열해질 테고 더 자주 절망하며 십 대를 완성해야 할 테니까.

네 사람이 부산 여행에서 돌아오는 기차를 타고 약속한 것이 있었다. 졸업할 때까지 포기하지 않을 목표를 하나씩 말해서 맹세하자던 고은의 제안은 모두를 설레게 했다. 혼자 마음속으로 하는 다짐보다 공개적인 약속은 아무래도 책임감이 증폭될 거라는 것. 타인의 기대 심리 때문에 더 노력하게 되고 따라서 성과 또한 다를 수 있을 거라는 논리. 고은의 주장이나 제안은 언제나 그럴듯하게 사람을 설득시켰다. 덕분에 모두 목표를 정한 셈이 되었다.

"내가 제안했으니까 내가 먼저 말할게. 나는 스무 살이 될 때까지 절대 반항하지 않을 거야. 엄마나 아빠가 어떤 삶을 살더라도 말이야."

모두 고개를 끄덕였다.

"나는 졸업할 때까지 맹세코 트로트를 포기하지 않을 거야. 아, 사실 이건 평생 짜리 맹세인데."

됐고, 다음.

"나는 소설 한 편은 꼭 완성할게. 이왕이면 장편소설로."

동안의 큰 변화였다. 그에 힘을 실어주듯,

"그럼 나는 동안의 소설을 제일 먼저 읽는 독자가 될래. 아빠한테 그랬듯이."

동안의 얼굴이 붉어졌다. 이제 이러면 안 되는데도 10년이나 몸에 밴 감각신경 같은 거였다. 고치려고 해도 아직은 말을 듣지 않는다. 근데, 예전과는 다른 설렘이 왔다는 걸 동안은 느낄 수 있었다. 소설, 이라는 단어가 예전에 설아, 라는 이름에서 느꼈던 그 기분과 묘하게 닮은 것 같았다. 그 느낌이 생소했지만 나쁘지 않았다.

분위기가 애매해지자, 부단이 양손을 들고 어깨를 들썩이며 노래를 시작했다.

"지니, 너 없는 동안에 난 한 번도 널 잊은 적 없고- 오, 지니."[4]

부단의 오두방정보다 그의 선곡에 놀라 모두 쓰러졌다. 설아와 부단이 계속 웃고 있는 사이, 이성을 찾은 고은은 부단의 센스에 박수를 보냈다.

"와…… 그런 노래가 있다고? 진짜 있으면 넌 천재야."

부단은 달막달막 들썩임을 멈추지 않은 채 말했다.

"마동안. 이거 네 인생 주제곡으로 어때? 지니, 너 없는 동안. 죽이지?"

정신없이 웃던 동안은 갑자기 머릿속이 뻥 뚫리는 기분이 들었다. 그 사이로 수많은 단어가 우왕좌왕 기어들었다. 마침

---

4 가수 하이디의 노래 '진이'(1996)의 가사 일부. '진이'를 '지니'로 활용.

내 무엇을 써야 하는지 감이 오는 것 같았다. 그것도 제법 선명하게.

49

강미애와 윤지태는 관계를 공식화하기로 한 모양이었다. 여행에서 돌아온 동안에게 조심스럽게 상견례라는 단어를 꺼낸 강미애는 동안의 눈치를 살폈다. 동안은 올 것이 왔다는 생각을 할 뿐, 혼란도 파동도 없었다. 이미 설아의 마음이 확고하다는 것을 알아버렸고, 썸이든 사랑이든 더는 쓸모없게 된 감정에서 해탈한 상태였다. 그것뿐일까. 동안은 지니와의 만남과 이별을 통해 긴축 성장을 겪었다. 말 그대로 짧은 시간과 몇 가지 사건으로 인생의 쓴 맛을 본 셈이었다.

무엇보다 타인의 불행도 기꺼이 욕망하는 인간의 잔인함을 자신에게서 보았다. 그런 욕망의 유혹을 떨치기 위해 가져야 하는 마음이 경각심이라는 건데, 그 마음을 갖기 위해서는 인내가 필요하다는 사실도 깨달았다. 어느 순간 경각심을 잃었을 때 벌어지는 일들과 뒤늦게 찾아오는 죄책감의 고통은 끔찍했다. 돌이킬 수 없는 선택은 한 사람의 인생만 바꾸는 게 아니었다. 행복이든 불행이든 오롯이 개인에게만 적용

되는 줄 알았는데, 그런 것들은 봄바람이나 안개와 비슷했다. 주변 인물에게로 서서히 번지는.

여전히 자신의 눈치를 살피지만, 행복해 보이는 강미애의 얼굴을 보며 동안은 생각했다. 엄마도 원하는 인생 한 번 살아봐야 공평하다고. 설아의 말대로 우리 인생은 길게 남았으니까. 많이 가진 사람이 베푸는 건 당연한 거니까. 어쩌면 그건 십 대들만이 할 수 있는 노블레스 오블리주 같은 게 아닐까, 라고 설아가 말했었다. 인생이 많이 남았다고 누가 장담해, 라고 동안이 반박했을 때 설아는 똑 부러지게 받아쳤다. 그건 우리 부모도 마찬가지라고. 그러니 어차피 원점이라고. 동안은 상견례에 관한 대답을 기다리는 강미애를 향해 고개를 끄덕였다.

'마동안. 놀이터로 와'

늦은 저녁에 날아온 설아의 호출이었다. 윤지태로부터 같은 얘기를 전해 들은 모양이라고 추측했다. 추측할 것도 없었다. 당연한 수순이었다. 동안을 보자마자 과하게 기뻐하는 설아가 동안은 좀 섭섭했다. 그런 마음을 설아도 알고 있는지 손바닥으로 동안의 머리카락을 부드럽게 헝클었다. 제발 이제 이런 짓 좀 안 했으면 좋겠다. 애써 다잡아놓은 사람 마음을 자꾸 헝클어지게 하니까. 동안은 설아의 손길을 거부하며 강아지처럼 머리를 털었다.

"동안아. 우리 얘기는 끝까지 비밀로 하자."

"말할 생각도 없었어."

"마동안."

"왜."

"난 네가 너무 좋아. 그래서 너희 엄마도 좋아. 우리 아빠는 당연히 좋고. 그러니까 내가 좋아하는 사람들과 가족이 되는 거야. 얼마나 행복한 일이니?"

"……."

"동안아."

"왜 자꾸 불러."

"너 생일 언제야?"

"2월. 생일은 왜?"

"그럼 네가 오빠네."

오빠라는 단어를 듣자마자 동안의 심장은 자진모리장단에 맞춰 뛰기 시작했다. 덩덕쿵덕. 오빠라니. 여동생이라니. 그게 뭐가 좋은데.

동안은 마지막으로 확인하고 싶은 게 있었다.

"설아야."

"응."

"너는 정말 티끌만큼도 아무렇지 않아? 우리 썸이었다고 했잖아."

"썸이었지. 여덟 살, 만화 속 주인공같이 생긴 너를 처음 봤을 때부터."

"처음 만났을 때부터? 기억했던 거야?"

"나 전교 일등 윤설아야."

"그럼 처음부터 마음이 통했다는 거네. 근데 우린 왜 이렇게 되었을까."

"마동안. 그래서 썸이라는 말이 생긴 거야. 사랑은 부담스럽잖아? 책임져야 할 사람이 또 생기는 거야. 너도나도 알잖아. 사람을 책임진다는 거. 관계에서 오는 의무감. 나는 아빠로 충분했어. 이제 자유로울래."

동안은 지난 봄에 읽은, 너무나 충격적이었던 괴테의 소설이 떠올랐다. 그 책을 읽고 나서 모든 인생을 건 광기 어린 사랑에 대한 로망이 생겼었다. 마침 로테보다 매력적인 설아가 있었고, 빌헬름보다 믿을 만한 부단이 있었기에 모든 게 완벽하다고 생각했다. 그러나 없는 줄 알았던 알베르트가 존재했던 것이다. 윤지태라는 이름으로! 동안은 이제 인정할 수밖에 없었다. 베르테르처럼 불운한 사랑에 휩싸였지만, 베르테르만큼 절망하지 않았다는 사실을. 절망하지 않았다는 건 간절하지 않았다는 증명일지도 모르니까. 그래서 결국 다행한 일일까. 길었으나 강렬하지는 못했던 10년간의 썸이 사랑까지 가지 못한 채 맹렬히 전사했음을 받아들이는 밤. 이런 쓸쓸한 날에 별똥별이 떨어지는 아름다운 일은 일어나지 않았다.

50

상견례는 추석 연휴 첫날, 고은의 이모가 운영하는 레스토랑에 예약되었다. 고은이 특별히 부탁해서 근사하게 준비했을 거라고 말했다.

동안은 레스토랑으로 가는 내내 상견례가 결혼을 전제로 하는 건 아니라고 했던 강미애의 말을 곱씹었다. 결혼은 동안과 설아가 성인이 되고 나면 그때 결정할 거라고, 지금은 말 그대로 상견례만 하는 거라고. 그럼 상견례도 그때 하지 뭐하러 지금 하느냐고 말하려다가 말았다. 사랑하는 사람이 생겨서 행복해 미치겠는데 그걸 티내지 않으려고 애쓰는 것도 피곤했겠지. 이제 대놓고 행복해지겠다는 뜻으로 보였다. 재를 뿌리고 싶지는 않았다. 어차피 동안도 설아도 대학생이 되어서까지 부모와 동거할 생각은 없었다. 넷이서 호적을 같이 쓰게 되더라도 한집에서 사는 일은 없을 테니 그나마 다행이라고 여겼다.

오래간만에 보는 윤지태는 살이 좀 오른 것 같았다. 말쑥하게 정장을 차려입고 온 그를 본 순간, 동안은 화가 나기보다는 부러웠다. 남자 대 남자로서 뭔가 자신이 진 것 같았다. 좌절이나 절망 같은 감정들도 조금 불거졌지만 금세 사라졌다. 윤지태는 계속 입꼬리가 올라가 있었다. 자신이 사랑하는 두 여자를 모두 얻게 된, 승리한 자의 표정이랄까. 윤지태 옆에는 설아가 웃고 있었고 윤지태 앞에는 강미애가 웃고 있었다. 모두 진심으로 행복해 보였다.

"그런데 두 분은 어떻게 사귀게 된 거예요?"

설아가 물었고 동안이 그런 건 왜 묻냐고 핀잔을 주자 설아가 정말 궁금하다는 표정으로 말했다.

"너도 생각해 봐. 두 분 다 성격이 좀 내향적이잖아? 근데 어떻게 이런 관계가 되냐고. 궁금하지 않아?"

"하나도 안 궁금해."

"쳇. 거짓말."

동안과 설아의 얘기를 듣던 윤지태가 입을 열었다.

"내가 첫눈에 반했어."

"아빠가? 그래서 아빠가 들이댄 거야?"

"들이대다니…… 그래. 그랬던 것 같아. 한참 뒤에."

동안은 윤지태를 노려보았고 윤지태는 다소곳이 눈을 내리깔았다. 어떻게 만났고 누가 먼저 들이댔으면 뭐. 이제 게임 끝인데 그런 얘기 들으면 뭐. 동안은 나이프를 강하게 붙들고 애먼 스테이크에 화풀이했다. 강미애도 윤지태도 그런 동안의 눈치를 보고 있었다. 설아는 테이블 아래에서 동안의 정강이를 툭 걷어찼다. 그래도 두 사람의 러브스토리는 듣고 싶지 않았다. 진학 상담 기간에 학교에서 만났다는 사실 정도는 알고 있었다. 동안의 엄마로, 설아의 아빠로. 그러나 잠시 후 놀라운 사실을 듣게 되었다.

아무래도 자리가 불편했던 동안은 화장실을 핑계로 일어섰다. 한참 만에 화장실에서 나왔더니 입구에 윤지태가 기다리고 있었다. 두 남자 사이에 흐르는 참을 수 없는 어색함. 동안은 불편한 표정과 당당한 목소리로 물었고,

"저 기다리신 거예요?"

윤지태는 쑥스러워하며 대답했다.

"어…… 저기, 내가 잘해볼게."

남자 대 남자로서 대면한 적은 없었다. 앞으로도 없을 거였다. 동안은 그저 윤지태가 사랑하는 여자의 아들일 뿐이었다. 그래서 아들로서의 권위를 뽐내며 다소 삐딱하게 말했다.

"잘해보세요. 솔직히 전개가 너무 빠른 게 의심스럽지만."

말만 뱉고 돌아서려고 했는데 윤지태의 입에서 나온 말이 동안의 다리를 붙잡았다.

"10년 전이야. 처음 만난 게."

동안과 설아가 초등학교에 입학했던 날, 윤지태는 그날의 강미애를 기억하고 있었다. 그러니까 윤지태가 첫눈에 반했다는 날이 그 순간인가. 맙소사. 그때는 마주공이 강미애와 나란히 있었고 동안이 두 사람의 손을 잡고 있었다. 누가 봐도 부부와 아들이었다. 윤지태는 지금까지 짝사랑을 해왔던 것이다.

이 남자, 아빠가 죽었다는 걸 알고 나서야 들이댔구나.

윤지태를 바라보는 동안의 시선에서 화기가 사라졌다. 그동안 윤지태를 진심으로 미워했었다. 운명을 비관하고 하늘을 원망했었다. 그건 자신의 사랑이 먼저 시작되었다는 가설 때문이었다. 인연이라는 것이 먼저 시작했다고 어떤 보장이 생기는 건 아니지만 적어도 이런 경우에 선차는 주어져야 한다고 생각했다. 출발점이 같았다면 억울할 것 없었다. 아니, 지금까지 억울해한 게 억울했다. 이제 정말 깔끔하게 윤지태의 승리를 축하해 줄 수 있을 것 같았다.

51

2학기가 어수선하게 막바지로 향했다.

동안은 무라카미 하루키나 다자이 오사무가 쓴 일본 소설
에 매료되어 있었다. 담임은 동안의 진로 변경에 대해 이미
알고 있었고, 어설프게 응원 같은 걸 보냈다. 자신도 언젠가
문학에 빠졌던 시절이 있었다고 했다. 죽기 전에 책 한 권은
꼭 내고 싶다는 쑥스러운 고백과 함께 열심히 해보라고 말해
주었다. 입 싼 담임 때문에 모든 선생님이 동안의 꿈을 알게
되었다. 대부분 지지하는 쪽이었다. 의외였다. 나중에 자신도
소설에 등장시켜 달라는 선생님도 있었다. 덕분에 동안은 수
업 시간에도 소설을 읽었다. 가끔 들켜도 크게 혼나지 않았
다. 그러한 현상은 지극히 당연하다고 오랜만에 만난 고은이
말했다.

"자신을 소설에 등장시킬까 봐 몸 사리는 거야. 악당은 아
니길 바라는 거지. 그건 네가 반드시 소설가가 될 거라는 확
신일지도 몰라."

동안은 이런 순간들이 쌓일수록 의욕에 불타는 걸 느꼈다.
소설이 더 좋아졌고 틈만 나면 구상을 했다. 한 아이를 키우
려면 온 마을이 필요하다는 말이 떠올랐다. 꿈을 이룰 수 있

게 만드는 건 주변 사람들의 지지와 응원이라는 걸 깨닫는 중이었다.

기말고사 마지막 날에 동안은 부단과 함께 집으로 향했다. 동안의 집에서 밥 먹고 영화 보고 잠까지 자기로 했다. 강미애는 아침 일찍 여행을 갔다. 누구와 가는지 어디로 가는지 동안은 묻지 않았다. 그저 아무도 불행한 것 같지 않아서 다행이었다.

1층에서 엘리베이터를 기다리고 있는데, 9층에 사는 꼬맹이 둘이 울면서 걸어오고 있었다. 복수할 대상들이었지만 우는 걸 보니 마음이 쓰인 동안이 물었다.

"너희들 왜 울어?"

"친구들이 놀려서요."

"왜 놀렸는데?"

"엄마가 병신이라고."

"……."

그 말을 듣던 다른 꼬맹이가 소리쳤다.

"우리 엄마 병신 아니야! 그건 나쁜 말이야!"

동안은 무슨 말을 해줘야 할지 망설이면서 중얼거렸다.

"치사한 것들. 가족은 건드리면 안 되지."

상황을 묵묵히 지켜보던 부단이 말했다.

"다음에 또 놀리면 울지 말고 웃어."

꼬맹이들이 울음을 뚝 그쳤다. 이건 무슨 개 풀 뜯는 소리
인가 싶은 표정으로 부단을 올려다보았다. 자신을 쳐다보는
꼬마들에게 부단이 말을 덧붙였다.

"누가 놀리거나 괴롭힐 때 울면 지는 거고 웃으면 이기는
거야. 울지 말고 웃어. 자꾸 웃으면 아무도 안 건드려. 웃는
게 무섭거든."

동안은 부단이 무슨 소리를 하는 건지 알고 있었다. 부단
은 초등학교 내내 왕따였다. 착하고 성격도 좋았지만, 왕따는
성격만으로 타깃이 되는 게 아니었다. 본인은 아무 잘못이 없
어도 얼마든지 왕따가 될 수 있었다. 선택권이 없었던 부모와
가정환경 때문에 가해자들의 타깃이 되기도 했다. 힘센 무리
의 타깃이 되면 있던 친구도 사라지고 전교 왕따가 되는 건
시간문제였다.

동안은 그 얘기를 처음 들었을 때, 부단을 너무 늦게 알게
된 게 억울하고 미안했었다. 초등학교도 같은 곳에 다녔다면
동안이 방패가 될 수도 있었을 것이다. 부단에게는 함께 싸워
줄 친구가 없었다. 학교에 찾아와서 교무실을 뒤집어엎을 부
모도 없었다. 가해 학생들을 처벌해주는 선생님도 없었다. 할

머니 때문에 죽을 수도 없었다. 부단은 조금 전에 말한 것처럼 괴롭힘을 당할 때마다 웃었다고 했다. 그게 스스로 견디는 방법이었다. 두들겨 맞으면서도 웃고 욕을 들으면서도 웃었다. 그래서 미친놈이라는 별명을 얻었다고 했다. 미친놈은 아무도 건드리지 않았다. 이미 괴롭힐 만큼 괴롭힌 후였고 이미 친구는 다 떠난 후였다.

그렇다고 꼬맹이들한테 저런 조언을 하다니.

"왕부단. 쓸데없는 소리 말고 타. 너희도 그만 울고 타."

엘리베이터 안에서 꼬맹이들은 언제 그랬냐는 듯 장난을 쳤고 부단은 고개를 저었다.

52

마주공이 죽은 후 동안의 집은 평범하고 깨끗해졌다. 골동품 비슷하게 생긴 건 하나도 없었다. 거실에는 소파와 텔레비전이 있고, 베란다 쪽으로 하얀 레이스 커튼이 드리워져 있다. 벽에 걸린 거라고는 원목 시계가 유일하다. 그래서인지 집이 훨씬 넓어 보였다.

동안의 방에 들어선 부단은 처음 오는 사람처럼 방을 둘러보았다. 책장에는 소설책으로 가득했다. 배고프지 않아? 동안의 질문에 대답하지 않고 가방을 뒤적이던 부단이 웬 박스 하나를 내밀었다. 그건 트롯대회에서 부상으로 받은 노트북이었다. 한참 지났는데, 박스째 비닐도 뜯지 않은 온전한 상태였다. 동안은 부단이 내밀고 있는 노트북 박스를 가만히 쳐다보았다.

"뭐."

"가져."

"왜?"

"생일 선물로 주려고 했는데, 하필이면 그런 달에 태어나서 내가 참 기다리다가 목이 빠질 지경이라."

"그러니까 왜?"

"소설 쓰라고."

"헐."

"소설 쓸 거라며? 작가가 꿈인 거 아니었어?"

"아니거든?"

"부끄럽냐?"

"아니라고!"

"꿈이 왜 부끄럽냐? 트로트 가수가 꿈인 열일곱도 당당한데. 아니면, 파일럿에서 작가로 꿈이 바뀌어서 부끄럽냐? 얼마든지 바뀌어도 되는 게 꿈이야. 시끄럽고. 받아. 2월에 주나 지금 주나 어차피 줄 거니까."

"나도 컴퓨터 있거든."

"야. 티슈로 똥 닦냐? 데스크톱은 게임을 하라고 만든 거고. 글은 이걸로 써. 그래야 있어 보이지."

부단은 허를 찌르는 능력이 있었다. 공부는 최하위인데, 학교엔 급식 먹으러 가는 애가, 평생 완독한 책 한 권이 없음에도, 언제나 사람 마음을 간파하는 녀석이었다. 안 그래도 통장 털어서 노트북을 장만할까 고민하고 있었던 동안은 부단의 선물을 받아들었다. 당장 받지 않아도 기어이 놓고 갈 녀석이었다.

"이제 말해 봐. 뭘 쓰고 싶은지."

"지니 이야기."

"그걸 누가 믿어주겠어?"

"그러니까 소설이지. 실화라는 걸 아무도 모르는 판타지 소설."

"판타지라. 그럴듯한데? 그나저나 지니는 어떻게 됐을까?"

"글쎄."

"너는 방송 타고 아무 연락 없어?"

"……."

동안은 그날 부단의 생모가 한 말을 떠올리며 은근슬쩍 대화의 물꼬를 텄다. 지금 말해야 할 것 같았다. 해야 할 말을 너무 오래 끌면 식은 밥처럼 눌어붙는 단어들이 생기는 법이다. 전달하려는 말의 변질을 최대한 줄이려면 벌어진 시간 또한 최대한 줄여야 한다. 설아에게 좀 더 빨리 고백하지 못한 게 어쩌면 인생 최대의 실수일 거라고 생각했기에 고백은 빠를수록 좋다는 나름의 깨달음을 얻었다.

우린 겨우 열아홉이었지만, 겨울이었고 곧 스무 살이 될 거니까 아이를 낳기로 했어요. 양쪽 집안 어른들 모두 반대했고 그래서 부산으로 도망쳤어요. 부단 아버지는 닥치는 대로 일을 해서 생활비를 벌어왔어요. 그이는 아이가 태어나기 일주일 전에 죽었어요. 새벽에 배달하다가 오토바이 사고로. 혼자 아이를 낳은 지 딱 백일이 지났을 때 부단이 할머니가 찾아왔어요. 하나밖에 없는 아들이 죽었으니, 대신 손자를 데려가야겠다고. 용서받기 위해서 하는 말이 아니에요. 부단이는 버림받은 아이가 아니라는 걸 그 애가 알았으면 좋겠어요. 결국엔 모두가 그 아이를 원해서 벌어진 일이니까요.

동안은 그녀가 한 말을 빈틈없이 회상하며 한 글자도 빠짐없이 전달하려고 애썼다. 이 놀랍고도 억울한 출생의 비밀을 듣는 주인공의 표정에는 아무런 변함이 없었다. 놀라지도, 화내지도, 슬퍼하지도 않았다. 얘기를 듣기 전과 같이 안정적이었다. 뭔가 잘못된 것 같다는 생각이 동안의 머릿속에 스칠 즈음 부단이 말했다.

"그 여자가 엄마라는 건 알아챘지만, 그런 사연은 몰랐네. 그건 또 언제 들었대."

충격이었다. 부단은 그녀가 생모라는 걸 이미 알고 있었다.

"거짓말."

"무슨 소용이라고 그런 거짓말을 하냐."

"언제? 어떻게 알았는데?"

부단은 갑자기 휴대폰 케이스를 분리했다. 뒷면에서 사진 한 장이 나왔다. 어려 보이긴 해도 그녀와 사진 속 여자가 동일인이라는 건 확실해 보이는 사진이었다. 갓 태어난 아기를 안고 있는 열아홉 살의 여자.

"사진이 있었어? 어디서 났어?"

"할머니가 죽고 나서 냉동실에서 발견했어. 이걸 여태 갖고 있으면서 단 한 번도 안 보여준 할머니도 참 대단해."

"냉동실? 시체도 아니고…… 왜 사진을 냉동실에 넣어놨을까?"

"뭐든 냉동실에 있으면 절대 상하지 않는다는 믿음이 있잖아. 너희 엄마가 먹다 남은 모든 음식을 냉동실에 넣는 것처럼."

부단은 지금 웃을 상황이 아닌데 자기가 말해놓고 웃고 있었다.

"그럼 그날 절에서 알아봤는데도 아는 척을 안 한 거야? 17년 만에 엄마를 만났는데?"

부단은 사진을 다시 휴대폰 케이스 속에 집어넣으면서 말했다.

"사연을 다 듣고 나니까 아는 척 않기를 정말 잘했네. 만약에 다시 모자간의 인연을 이어간다면, 나는 할머니를 원망하거나 미워해야 할지도 모르니까. 그 여자가 나한테 잘해주면 잘해줄수록 할머니가 미워질 테니까. 나는 할머니를 미워하고 싶지 않아."

이 녀석이 가진 깊이는 어디서 기인했는지, 동안은 요즘 부단에게 계속 감탄하는 중이었다. 알 수 없는 마음의 격이 느껴졌다. 상처가 깊어서일까? 트로트를 불러서일까? 아무튼, 범상치 않은 어른이 될 거라는 확신이 들었다. 그렇게 스쳐 간 것으로 후회없겠냐는 동안의 물음에 부단은 어른스럽게 대답했다.

"서로 봤으니 됐고 둘 다 살아있으니 됐지. 17년의 공백을 채울 수도 없는데."

동안은 말없이 고개를 끄덕였다. 아직 전할 말이 남아있었다. 이 말을 할 때 너의 엄마가 울먹이더라는 얘기는 빼기로 했다. 전달하는 내용에 덧말을 붙이는 건 부적절한 일이고 그녀가 복받친 이유를 정확히 설명할 수 없기 때문이었다. 친구가 엄마의 불행을 바란 꼴이 되었으니 그것도 신경 쓰였다. 어쨌든 동안은 그녀에게 들은 말만 정확하게 전달했다.

부단이가 아빠를 빼닮았더군요. 혹시 그 애가 아빠를 궁금해하거든 거울을 보라고 하세요. 거기 매시절의 아빠가 있을 거라고.

모든 메시지를 전한 동안에게 날아온 말.
"고맙다. 친구."

53

동안은 겨울방학부터 본격적으로 습작을 하기 위해 몇 권의 책을 주문했다. 소설 쓰는 방법에 관해 알려주는 책들을 부지런히 읽었다. 온라인 서점 '알라딘'에서 특별한 책도 주문했다. 아라비안나이트. 알라딘과 지니. 어릴 적에 읽은 책이지만, 다시 읽고 싶었다. 이 이야기를 최초로 만든 사람은 실제로 지니를 만났을 거라는 믿음이 생겼다. 좌천되기 전의 지니를.

책을 읽고 나서 많은 생각이 들었다. 만약, 지니가 본래의 모습으로 찾아와서 무슨 소원이든 들어준다고 했으면 어땠을까. 누군가를 반드시 불행하게 만들어서 남의 기회를 갈취하는 비겁한 소원 말고 그냥 뭐든지 다 들어준다고 했다면. 부단의 할머니가 돌아가시기 전에 지니를 만났다면. 강미애와 윤지태가 만나기 전이었다면. 꿈이 바뀌기 전에 왔다면. 부질없는 생각 같지만, 이런 가정들을 해보면 생각의 폭이 넓어진다. 그게 장차 소설가가 될 사람의 일이다.

동안은 부단에게서 받은 노트북을 부트하며 생각했다.

그래, 써보자. 베르테르처럼 죽을 용기는 없으니 다른 용기를 내보자. 생애 처음 써 보는 소설이니까 이상해도 괜찮아. 처음 아닌 게 거의 없는 나이잖아.

동안은 하얀 백지에서 깜박이는 커서를 뚫어지게 바라보았다. 커서가 깜빡깜빡할 때마다 써, 써, 써, 라고 말하는 것 같았다. 뭘 써야 하는지 알 수 없었다. 무작정 키보드에 손가락을 갖다 댔다. '제목'이라고 썼더니, '목' 옆에서 커서가 다시 깜박였다. 써, 써, 써. 깜빡이는 걸 계속 보고 있으면 조급해졌다.

문득 떠오른 제목이 있었다. 이걸 제목으로 하는 게 최선인지 잠깐 고민하다가 '제목'이라는 글자 옆에 제목을 써넣었다.

'지니, 너 없는 동안'

쓰고 한참을 쳐다보니 범위가 협소하고 다소 직관적인 것 같아서 두 글자를 지우기로 했다. '너 없는 동안' 뭔가 통속적이다. 더 지워보자. '동안' 매력적이다. 머무르지 않는 느낌. 그러나 쉬어가는 느낌. 한 시절을 건너가는 모든 사람의 이야기를 담을 수 있는 제목. 자신의 이름에 이런 깊이가 있는 줄 몰랐다. 임팩트가 없는 게 아쉽긴 하다. 제목 짓다가 날 새겠다. 제목은 나중에 짓자.

나름 공부한 게 있는 동안은 연습장을 펼쳐 놓고 형편없는 스토리보드를 그리기 시작했다.

'이상한 지니가 나타났다. 나에게 타인의 불행을 이룰 수 있는 다섯 번의 기회가 생겼다. 비씨맨 갱생, 마주공의 사망, 아쿤드자다의 불행, 강미애와 윤지태의 결별, 부단과 생모의 만남. 결국 수장된 지니의 주전자……'

표면적으로는 다섯 가지 소원을 다 빌어서 지니에게 자유를 선물한 꼴이 되었지만, 꼭 그렇게 생각할 필요는 없을 것 같았다. 인생에는 인과율이 전혀 없는 우연이 있고 반대쪽에는 필연이 있다. 비씨맨과 아쿤드자다의 경우는 너무나 허무

맹랑해서 지니의 짓이 분명하다는 확신이 있지만, 나머지 사건들은 알 수 없었다. 지니가 없었어도, 굳이 지니에게 빌지 않았어도 사람은 언제든지 만나고 헤어질 수 있으니까. 살거나 죽을 수 있으니까. 죄책감을 덜기 위해 하는 생각은 아니다.

어쨌든 동안의 입장에서는 다섯 가지 소원을 꽉 채웠다. 이제 지니를 만날 일은 없을 것이다. 자유가 된 지니가 다른 사람에게 가서 또 다른 불행을 들어준다고 해도 동안으로서는 손쓸 도리가 없다. 할 수 있는 거라곤 이 얘기를 쓰는 것. 앞으로 작고 이상한 지니를 만나게 될, 지니의 주인이 될 사람들을 위해.

동안은 생애 첫 번째 도전을 시작한다. 아무것도 두려워하지 않고 자신의 꿈을 스스로 응원해온 부단이의 말들이 동안에게 큰 용기를 주었다. 꿈을 꾸기만 하면 꿈에 머물고 말지만, 도전하면 꿈을 이룰 기회가 생긴다고 했던 말. 그 증거로 부단이 거쳐왔던 오디션 현장 이야기를 낱낱이 들어야 했다. 좋아하는 일을 찾았다는 건 멋진 일이라고 말해준 강미애와 소설을 완성하면 가장 먼저 읽겠다고 약속한 설아까지 동안의 의지에 불을 지폈다. 무엇보다 가장 큰 자극은 지니와의 만남이었다. 이제부터 그걸 써야겠지. 커서가 계속 깜박인다. 써, 써, 써. 재미있지만 심각하고 말도 안 되지만 궁금한, 이 모든 서사를 어서, 써, 써, 써.

오대양 어디쯤 버려진 섬이 있다. 잔잔한 수면 위로 작은 주전자가 둥실 떠다니고 있다. 크기만큼 가벼워 보이는 주전자는 찬란한 태양 아래에서도 반짝이지 않는다. 사슬이 끊겨 길 잃은 부표처럼 정처 없이 떠다니던 그것은 버려진 작은 섬 근방에 도착한다.

해안가에서 뗏목을 만들고 있던 털북숭이 남자가 보인다. 온몸이 검게 그을리고 손질되지 않은 곱슬머리에는 기름기가 좔좔 흐르고 있다. 남자는 들고 있던 작두로 떠밀려오는 주전자를 끌어당긴다. 이윽고 주전자를 손에 넣은 남자는 환한 웃음을 짓는다. 남자는 주전자에 붙어 있는 변색한 시멘트를 무심히 털어낸다.

숙소로 보이는 동굴 안으로 주전자를 들고 들어간 남자는 그것을 바람 빠진 배구공 옆에 놓는다. 윌슨[5]처럼 눈코입을 그려놓은 배구공 옆에는 단종된 코카콜라 병이 있고 코카콜라 병 옆에는 고장난 시계가 있고 시계 옆에는 커다란 돋보기가 있다. 그 옆에 자리를 차지한 작고 낡은 주전자.

남자는 자신이 전시한 물건들을 쭉 둘러본다. 시선이 주전자에 머문다. 남자는 크게 만족한 듯 고개를 끄덕이며 말한다.

"이 주전자는 우리 동안이한테 선물로 줘야겠어. 지난번 사다 준 주전자와 나란히 놓으면 꽤 볼만하겠어."

두 주먹을 불끈 쥐던 남자는 동굴에서 나와 열심히 뗏목을 만든다.

---

5 영화 '캐스트 어웨이'(2001, 미국)에 등장하는 배구공

등단한 지 오 년, 어쩌다 보니 줄곧 폭력에 관한 소설만 써 왔다. 내가 과연 세상의 모든 폭력을 다 쓸 수 있을까 싶을 만큼 그 종류는 다양했다. 폭력을 주제로 소설을 쓰면서 마음이 자주 무너졌다. 다른 시도를 해보고 싶었다.

밝은 이야기를 써 볼까, 고민하던 와중에 문득 지니가 소환되었다. 지니를 붙잡아놓고 캐릭터를 만드는 내내 떠오르는 노래가 있었다. 90년대, 가수 하이디가 부른 '진이'라는 곡이었다. 주인공의 이름이 '동안'이 된 건 결코 우연이 아니다.

이 소설을 완성하기 전, 줄거리만 듣고도 많은 사람이 재미있겠다고 말했다. 나는 그 '재미'라는 단어에 집중했다. 소설의 위기라는 현실에서 내가 추구해야 하는 것은 무엇일까 많이 고민했다. 신선한 소재와 뚜렷한 주제, 안정된 문장은 언제나 중요하다. 문제는 그것에 얽매여 재미를 잃으면 소용없다는 생각이 들었다. 읽히지 않을 소설이라면 쓰고 싶지 않았다. 그렇다고 이 소설이 많이 읽히리란 보장은 없지만, 적어도 내 목표는 이랬다. 평생 소설책 한 권도 완독한 적 없는 사람이 완독할 만한 소설을 써 보자. 재미있고 쉽게 읽히며 여운도 있게. 성공할지는 모르겠다. 실패해도 상관없다는 빈말은 못 하겠다.

한 가지 고백할 것은 이 소설을 쓰면서 반성을 많이 했다는 점이다. 그것만으로도 꽤 괜찮은 소득이었다. 우리는 행복과 불행 중 행복을 소유하고 싶어 하지만 그리 만만치 않다. 행복을 한 줌이라도 얻었다면, 그 과정이 정당하고 정의로웠는지 소설이 물었다. 나는 자신 있게 대답할 수 없었다. 다른 사람의 행복을 질투하거나 빼앗고 싶을 때도 있었고, 누군가의 불행을 바라는 무서운 마음을 품은 적도 있었다. 누구나 어느 시절에 한번쯤 그런 마음을 가져보지 않았을까. 학창 시절에는 성적이나 우정 때문에, 어른이 되어서는 그보다 훨씬 다양한 이유로.

나는 이 소설을 어른들이 읽어주기를 바란다.

2023. 봄날
소설가 이은정